恋情の雨音

水原とほる

幻冬舎ルチル文庫

JN267181

CONTENTS ✦目次✦

恋情の雨音

✦イラスト・ヤマダサクラコ

恋情の雨音 …… 3
それからの村で …… 271
あとがき …… 286

✦カバーデザイン＝吉野知栄(CoCo.Design)
✦ブックデザイン＝まるか工房

恋情の雨音

◆◆

そこは現代になってもなお山深く、豊かな自然に囲まれた土地だった。山々の間にある村を舗装された道路やトンネルが繋《つな》ぐようになっても、人々は山の恵みで生きてきた。現在も林業と農業に従事する者がほとんどで、山の麓《ふもと》には小さな温泉場がわずかな観光客を呼んでいるくらいのもの。

年々過疎化が進み、以前は村ごとにあった小学校や中学校は統廃合されて、温泉場と小さなＪＲの駅のある村に一校が残るのみだ。

「まだここには診療所があるから、暮らしていけるんだよ」

「でも、児玉《こだま》先生も歳《とし》だからねぇ。いつまで続けてもらえるかねぇ」

処方箋薬局の待合室の午後、今日も年寄り二人がいつもと変わらない会話を交わしている。

温泉場のある村からトンネルを通ってさらに奥まった場所にあるここには、今でも奇跡的に診療所がある。なので、高齢者が多いとはいえまだ村として形を保っている。そして、その診療所から歩いて十分ほどの場所にある霧野《きりの》処方箋薬局もここで店を開いてかれこれ三十年以上になる。

「内田《うちだ》さん、お薬できたよ。シール貼っておくからお薬手帳を見せてもらっていい？」

処方箋室から出てきた貴文《たかふみ》が待合室の一人に声をかける。すると、今年で七十になる内田のお婆《ばあ》ちゃんが持っていた布バッグの中をのぞき込み、手帳を忘れてしまったと自分の額《ひたい》を手のひらで叩いている。

「いいよ、いいよ。じゃ、今度くるとき持ってきてね。それまでシールはあずかっておくからね」

シールを渡して貼っておいてもらえばいいのだが、高齢者の一人暮らしになると聞いたことを忘れたり、受け取ったシールを紛失したりも珍しくない。どうせ二週間に一度は診療所へ行き、その帰りには必ず薬を受け取りにここへ寄るのだから、そのときに貴文が自分の手で貼ってあげればいい。

「いつも悪いね。でも、貴ちゃんみたいな若い子がいてくれるから、村もまだまだ大丈夫だね」

内田のお婆ちゃんはニコニコと笑いながら言う。彼女から見れば充分に若いが、それでも今年で二十九歳になった。ここで生まれ育った貴文だが、三十年の間でこの村もずいぶんと変わったと思う。貴文が世間話的にそのことを言うと、もう一人の客の渡邊《わたなべ》のお婆ちゃんも会話に加わってくる。

「そういえば、貴ちゃんが子どもの頃にはまだトンネルのこっち側にも学校があったのよね」

「僕が中学を卒業した二年後に、小中学校ともに駅前のほうへ統廃合されちゃったけどね」

それによって駅近くに引っ越していった者も少なくない。地元に残った貴文の小学校、中学校のクラスメイトの多くも、今はトンネルの向こうの温泉場のある村に住んでいた。

「あの頃はまだ子どももけっこういたんだよね。でも、あんな事件があって統廃合案が一気に進んじゃったからねぇ」

内田のお婆ちゃんがボソリと言ったところで、貴文は渡邊のお婆ちゃんの薬を処方するため奥の処方箋室へと戻っていった。

「あれは可哀想《かわいそう》な事件だったよね。それにしても、こんな田舎《いなか》でまさかあんな事件が起こるなんて……」

「よそ者がやったことだから、どうしようもないね。あの頃は道路を作るのに、作業員が大勢よそからきていたからねぇ」

薬の受け取りカウンターのところでまた世間話をはじめた二人の会話は、ガラスを隔てた処方箋室にも届いてくる。だが、貴文はできるだけその会話を耳に入れないようにして薬棚に向かっていた。

薬の中には劇薬もあるし、間違ったものを出してしまったら大変なのでぼんやりと仕事をするわけにはいかない。けれど、彼女らの会話を聞きたくないというのが正直な思いだった。というのも、貴文自身もその事件の記憶をはっきりと持っているから。それは悲しい事件であると同時に、貴文にとっては特別な出来事でもあった。

あれは貴文がまだ十歳になるかならないかの頃だった。何やら自分は学校の友達とは少し違うところがあるらしいと自覚した。そのことを打ち明けても、みんな笑って信じてくれない。思い余った貴文が父親に相談したときのことだった。

『いいかい、貴文。それは誰にも言っちゃ駄目だ。言ったらおまえが辛《つら》い思いをすることになる』

父親は裏庭の薬草畑の手入れをしながら、貴文に向かって人差し指を唇に立てる仕草とともに言った。貴文は父親の言葉を聞きながら、どんな辛いを思いをするのだろうと考えていた。だが、父親はそれには答えずさらに言った。

『少なくとも、自分でちゃんと生きていけるようになるまでは秘密にしておいたほうがいい。でないと、貴文の魂が磨り減っちゃうぞ』

『えっ、魂が？　磨り減っちゃうって？』

『命が短くなっちゃうかもしれないってことだ』

そんな言葉に怯《おび》えた貴文は、人と違う自分については絶対に秘密にしておこうと思った。

その当時すでに祖父母が逝《い》き、母親もまた若くして病で鬼籍に入っていた。薬剤師としてこの薬局を開いた父親もまた今から五年前に他界してしまったが、裏庭の薬草畑は貴文が処方箋薬局とともに継いでいる。畑で採れる薬草は煎《せん》じたり乾燥させたりして、日常生活の健康維持にあれこれと役立てているのだ。

渡邊さんの薬も処方してカウンターで渡し、お薬手帳にシールを貼り自分の名前の印鑑を押していると彼女が思い出したように言う。

「ねぇ、貴ちゃん。この間の薬草また分けてくれないかい。言われたとおりガーゼの袋に入れてお風呂に入れたら、体がポカポカしてすごくよかったのよ」

「ああ、あれね。また薬草が揃ったら乾燥させてまとめて作るから、そのときに渡すよ。それまで風邪引かないようにね」

そう約束して、二人の老人が揃って秋の陽《ひ》だまりの中をのんびりと歩いて帰っていくのを店を出て見送った。それから、処方箋薬局のドアノブに閉店のプラカードをかけておく。

ここの診療所は土曜も日曜も関係なく、老医師の児玉が所用で外出していないかぎりは診療をしている。その代わり患者がいなくなったらすぐにその日の診療は終わりにして、裏山の渓流に釣りにいってしまうのだ。

貴文が処方箋室に戻って片付けをしながら時計を見ると、ちょうど午後の三時になるところ。秋とはいえまだ日が高いので、白衣から農作業用の洋服に着替える。長靴を履いて軍手をはめ、麦わら帽子を被《かぶ》ると庭の畑に出た。

(あっ、そろそろ髪を切らなきゃ……)

帽子を被っても横に流れ落ちてくる前髪が気になり、それを耳にかけながら思った。切りにいくのが面倒で肩につくまで伸びてしまい、作業のときは後ろに束ねているがさすがに鬱《うっ》陶《とう》しくなってきた。

こんな田舎で過剰に身なりを気にする必要もない。ただ、農作業だけならともかく、薬局は一応客商売なのだ。やってくるのは皆見知った顔とはいえ、こざっぱりとした格好でいたほうがいいに決まっている。

処方箋薬局は亡くなった父親の代からだが、この薬草畑はもっと古くてこの土地で農業を生業《なりわい》としていた祖父母の代からだった。大事に育てた薬草はその昔、まだ医療施設が整っていなかった頃は村人の健康管理には欠かせないものだったのだ。それは時代が変わっても地元で愛用され、昨今になってからは健康ブームに乗って意外なところからも注目されるようになっていた。

薬草の中には雑草のように丈夫なものもあるが、多くは野菜を作るよりもさらに土や水はけなどに注意して、丁寧に育てなければならない。母屋の前の畑はけっして広くはないが、祖父母の代からいい土を入れて水の管理をし、薬草作りに向いた土地にしてきた。また、父親の代には温室も作って冬の間に育てる薬草の種類も増えた。それをすべて守っていくのもまた貴文の大切な仕事だと思っている。

今日はそれほど日差しが強くなかったが、軽く水撒《みずま》きをしてから畑の周囲の草刈り作業をした。秋とはいえ、まだまだ日差しがあるとあっという間に草が伸びてしまう。それに、落ちた枯れ葉を集めてしまわないと、家から畑までの道があっという間に埋もれてしまう。

草刈りをして、そのあと竹ぼうきで枯れ葉をかき集めていると、畑の向こうの道に一台の軽トラックがやってきて停《と》まった。しゃがんで作業をしていた貴文が立ち上がって、そちらに向かって手を振れば、車の中から一人の青年が降りてくる。温泉場のある村で昔から旅館を経営している高嶋《たかしま》の家の長男の幸平《こうへい》だ。

旅館の高嶋屋はこのあたりでは老舗《しにせ》だが、以前は古臭い民宿だった。それを数年前に跡を継いだ一人息子の幸平が、高級感のある旅館に建て替え、健康にいい薬膳料理を出すようにして、近頃はすっかり人気の宿となっている。

「貴文さん、精が出るね。またできている分だけもらっていっていいかな？」

「そこに今朝摘《つ》んだ分があるから、必要なだけ持っていってよ」

そう言いながら貴文も畑から出て、指差した道具小屋に向かった。幸平も道具小屋までやってくると、貴文が今朝摘んで籠《かご》に入れてあった薬草を見ている。彼は貴文の畑から薬草を買って、それを自分の旅館の薬膳料理に使って客に提供している。また、みやげ物として漢方茶葉を売っていて、それが都会からくる観光客によく売れているらしい。

高嶋屋旅館に買い上げてもらう薬草の売り上げはここ数年でどんどん増えていき、今では処方箋薬局の売り上げよりも多くなっている。半分趣味のような薬草作りで稼ぐつもりはなかったが、それでも村の活性化に役立っているのは嬉《うれ》しいし、薬草の売り上げは生活費の足しになるので助かっている。

「なかなかいい出来だね。この当帰《とうき》は全部もらっていくよ。それと、ドクダミもいつもどおりね。これ、アケビだよね。皮を干したやつかな？」

幸平は素人ながらこの数年ですっかり薬草や漢方薬には詳しくなった。もちろん、貴文がアドバイスして旅館で出すようにしているのだが、本人もよく本を読んだり、自ら煎じて飲んだりして研究をしている。商売熱心であると同時に、もともと凝り性な性格なのだ。

「乾燥したアケビの皮は山菜みたいにして使ってみて。むくみを取るのにいいから、お酒を飲んだ翌朝とかに出してあげるといいよ」

「袋詰めしたらみやげ物になるかな。秋限定商品ってことで、けっこう売れそうだな」

「アケビは春も新芽が食べられるし味も悪くないけど、それはみやげ物には向かないかな」

「でも、加工したものなら瓶詰めで販売できるかもしれない。板長に相談してみるか」

幸平は他にも籠に入って並べられている薬草を順番に吟味していき、そのほとんどをもらうと言っていつもの帳面を出してくる。それは薬草の買い付け用の帳面で、そこに記載された分を月末にまとめて支払ってもらえることになっていた。

「なかなか繁盛しているみたいだね」

「真冬になるとスノボーとかの施設のあるところに客を取られちまうし、やっぱり春と秋が稼ぎどきだからね。それに、うちは九割が健康を気遣う女性客だから、薬膳料理は絶対の売りでさ。貴文さんの作る薬草のおかげだよ」

「幸平のアイデアと行動力のたまものだよ。しがない温泉場だったのに、高嶋屋旅館のおかげで周囲の民宿もそれなりに潤《うるお》っているって話じゃない。後輩ながらたいしたもんだと思うよ」

貴文が幸平の肩を叩《たた》いて言うと、彼は素直に照れた様子で帳面に書き込んだ数字を用意していた納品書にも書き込み渡してくれる。月末の支払いの際にこれで確認をするようになっているのだ。

商売っ気のまるでない貴文の代わりに、こんな細かいことも幸平が考えてやってくれている。とにかく、経営のことに関しては知恵者だし、何より小学校の頃からのつき合いなので、彼のことは全面的に信頼している。

今でこそ旅館のある温泉場に家を移している高嶋家だが、昔は民宿だけがトンネル向こうの村にあり、自宅は貴文の家から歩いて十分ほどの診療所のそばにあった。なので、小学校と中学校が統廃合される前は貴文も、一つ歳下の幸平も同じ学校に通っていたのだ。

「貴文さんのほうはどう？　仕事は相変わらず？」

貴文はにっこりと笑って頷《うなず》く。この村で生きているかぎり、何も大きな変化はない。貴文の人生は二十五歳になるまではそれなりに慌ただしく、心痛むことや悲しいことも少なくなかった。だが、父親が他界したのを最後にもう失うものもなくなった。あとはひたすら穏やかな日々を過ごすだけのことだと思っている。

だが、幸平は帳面を丸めてジーンズの尻《しり》のポケットに突っ込むと、ちょっと表情を曇《くも》らせてチラッとだけ貴文に視線を向ける。そんな態度を取るとき、彼が何を言いたいのかなんとなくわかっていた。けれど、それでこちらが気まずい態度を示すつもりもない。

「先週、あの男がまたきてたんじゃないのか？」

「あの男って……？」

わざとしらばっくれたのは、ギスギスしそうな会話に小さな間を取りたかったから。それによって幸平の出方をうかがうことができるし、答え方を考えることもできる。

「だから、東京のあの刑事だよ」

幸平が少しばかり声を低くしてボソリと言った。それに対して、貴文ができるだけなんでもないことのように言った。

「ああ、大瀧《おおたき》さんね。きてたけど、いつもどおりすぐに帰っていったよ。あの人は長居はしないから」

すると、幸平はあからさまに深い溜息《ためいき》をつく。その気持ちはわからないではなくて、彼が不満そうな顔をしているのは貴文のことを案じているからだ。幸平は通常の気配り以上に、人の身の回りのことを気遣うことができる人間だった。

ただ、少しばかりそれが行き過ぎてしまうこともある。貴文にとってはあまり触れてほしくないこともあるのだ。

「俺はあいつのことが気に入らないんだよ。だって、貴文さんのことを利用しているだけだろ。諏訪《すわ》先輩もあんな奴を連れてくるなんてどうかしてるよ。そもそも、貴文さんはもうあの能力は使いたくないって思っているんじゃ……」

「いいんだ。僕がそうすると決めたから」

幸平の言葉を遮るようにはっきりと言うと、貴文は道具小屋に入ってきたときに脱いだ麦わら帽子をもう一度被って畑に戻ろうとする。

「それって、本当に貴文さんが望んでいることなのか？　もしそうじゃないならやめたほうがいいよ。俺は貴文さんのことが心配なんだよっ」

貴文の背中に向かって叫ぶ幸平に振り返ることなく、軽く手を上げる。それは「わかっている」という意味でもあるし、「ありがとう」という意味でもあった。けれど、貴文自身のことは自分で決めるしかないと思っている。だから、あの男にも協力すると決めた。

それは、この世の中から犯罪が少しでも減ればいいと思うから。同時に、あの男を助けたいという気持ちもあるし、貴文自身も彼の存在によって救われているところがあるのだ。

あの男とは、東京の警視庁新宿署で刑事をしている大瀧哲雄《てつお》のことで、彼は貴文の力を求めてこの地にやってくる。幸平にも言ったように、先週もここへやってきたばかりだ。

(彼とはきっと、お互いに必要なものを与え合っているだけ……)

貴文が人に与えられるものなどたくさんはない。処方箋薬局をこの村で続けていくことと、わずかな面積の畑で薬草を作ることくらい。そして、あと一つだけ。他の誰にもできないことがあって、貴文が生まれ持っている力がある。

それが人のためになるなら、利用してもらうのはやぶさかではない。その見返りというわけではないが、貴文自身もまたあの男から与えられているものはある。

ここの暮らしが孤独だと思ったことはなかった。きっとこの先もそれはないだろうと思っていた。ただ、近頃は少しばかりわからなくなってきた。大瀧という男が貴文に与えたもの。それは人の温《ぬく》もり。それを知ってから、ぼんやりとだが孤独というものが身に染みるようになった。よかったのか悪かったのかわからない。ただ、今は幸平にも言ったように彼のことを拒むつもりはなかった。

◆◆

「今度はどんな事件ですか？　いや、お話を聞くより、先に写真を見せてもらったほうがいいですね」

幸平の心配をよそに、大瀧はそれから一ヶ月もしないうちに再び村へとやってきた。そして、貴文はいつもの会話から始めたが、その日の大瀧はスーツの内ポケットから写真を出すこともなくボソリと言った。

「いや、今日はあとにしよう」

「えっ、どうして？」

そのためにここへきているはずなのに、奇妙に思って問いかけた答えはつかまれた二の腕だった。その手を引かれ、彼の胸の中へと抱き寄せられる。顎《あご》に手がかけられと思ったら、すぐに唇が重なってきた。

「うっ、ふぅ……。んん……っ」

唇の感触に甘い呻《うめ》き声を漏らしてしまう。この男が貴文に初めて人の唇の感触を教えた。そして、それ以上の快感を貴文の体に教えたのもまたこの男だった。

「寝室へ行きましょうか……」

貴文がそう言って彼を二階へと誘う。祖父が建てて父親の代で改築をした古民家は、一階は薬局が併設された昔ながらの日本家屋だが、二階はロッジ風の白木作りになっている。

今となってはその二階も一昔前のペンション風で洒落《しゃれ》た部屋ではない。それでも、天井だけは開放感が味わえるよう高めに作ってくれてあったので、身長が百八十を越える大瀧が立っても圧迫感はない。

今は独り暮らしになってしまったが、祖父母も両親もこの家をとても大切に使っていて、

貴文の代になっても水回りには定期的に修理の手を入れている。この家は家族の思い出が詰まった家だから、これからも丁寧に使っていこうと思っている。

「なぁ、ここで一人暮らしていて寂《さび》しくなったりしないか？」

二階へ上がる階段で大瀧がそんなことをたずねる。顔だけで振り返った貴文はわずかに頬を緩めてみせた。寂しさを知らなかった貴文にそれを教えた本人が、そんなことを平気な顔をして訊《き》く。いけすかない男だと嫌いになれればいいのだけれど、けっして悪気はなくそんなことを言っているとわかっている。

大瀧というのはそういう男だ。初めてここを訪ねてきたときからずっと何も変わっていない。表も裏もないままで、思ったことは素直に口にする。だからこそ、貴文は安心して彼という男を迎え入れることができた。ただし、ほんの少しばかりデリカシーに欠ける部分は仕方がないだろう。

「都会の真ん中で生きていても、寂しい人は寂しいでしょう？　田舎の独り暮らしでも、心の慰めならいくらでも見つけることはできるんですよ」

「まぁ、それは違いないな」

刑事という生業で捜査に追われているせいか三十半ばに差しかかっても独身の大瀧は、わが身を振り返ったのか苦笑とともに頷いていた。

誘われるままに寝室へと入ってきた彼が、そこでまた体を抱き締めてくる。大瀧がここにやってくるようになって四年、いつしか貴文と体を重ねるようになって三年以上になる。初めてのときはちょうど父親が他界して一年ほどで、貴文が孤独に苛《さいな》まれている時期だった。

今振り返っても、あのとき彼を誘ったのはほんの気まぐれだったと思っている。誘うというより貴文の能力を信じていなかった彼が、それを認めた途端殊勝な態度になったのでちょっとからかうくらいの気持ちだったのだ。ところが、大瀧は冗談を真に受けたのか、貴文の体をごく自然にその腕に抱き寄せた。

その手を振り払いからかっただけだと言えなかったのは、そのとき感じた温かさと安堵《あんど》感のせいだった。このままずっと抱き締めていてもらいたい。父にも似た温もりの中でそう思った貴文は抵抗できなかった。そんな貴文に大瀧もまた躊躇《ちゅうちょ》なく体を重ねてきたのだ。

成り行きのまま続けられている自分たちの奇妙な関係に、男同士であることがどんな意味を持つのかわからない。それまで貴文は女性と恋愛をしたこともなければ、肉体関係を持ったこともなかった。ただ、大瀧が同性の体を抱くことに抵抗がなかったのは、初めて抱かれた貴文にもなんとなくわかった。

貴文との関係ができてからも、大瀧はそれまでと変わらず刑事として捜査に力を貸してほしいと頼みにくる。もちろん、国家権力を笠《かさ》にきて協力を強要するわけではない。あくまでも貴文のほうからいつでも協力すると言ったので、彼はやってくるのだ。

大瀧が頼りにし、貴文が幼少の頃から持っている人と違う能力とは写真の霊視である。貴文は写真を見ただけで、その人が生きているかすでに亡くなっているのかがわかる。

最初は写真というものが人の生死を映し出すもので、誰もが自分と同じものを見ているのだと思っていた。ところが、そうではないと知るとともに、亡くなった人が写真の中から自分に向かって語りかけてくることに気がついた。非業の死を遂げたり殺害されたりした人ほど、強く訴えてくる。安らかに大往生した人の写真は黙して何も語らない。

そんな奇妙な能力に悩んだこともあるが、父親に言われたとおり黙っていれば自分もクラスの皆と同じように、楽しく日々を過ごすことができた。たまたま怖い写真を見たからといって、死者の悲惨《ひさん》な訴えを聞く必要などない。ひたすら目と耳を塞《ふさ》いでいればいい。

そう思っていたある日のことだった。貴文が自分の能力を一度だけ人助けのために使ったのが、今でも老人たちの間で話題に上る例の事件のときだった。

自分たちの暮らす小さな村で、貴文と同級の女の子が行方不明になるという事件が小学生の時に起きたのだ。地元警察の懸命な捜査にもかかわらず、少女は三日過ぎても一週間過ぎても戻ってこない。事件と事故の両面から捜索は続けられ、村人全員による大々的な山狩りもしたが少女は見つからなかった。

管轄の警察署は近県の県警にも協力を頼み、あらためて村々に聞き込みに回り、貴文の家にも刑事がその子の写真を持ってやってきた。そのとき、刑事に応対している父親のそばでそれを見た貴文はたまらず言ってしまったのだ。

『アキちゃんはもう死んでるよ。二の谷の近くの大きな岩と杉の木の間の洞の奥に埋められてるんだ。だから、早く掘り出してあげてよ』

父親が止める間もなく貴文の口をついて出た言葉だった。それだけではない。彼女を誘拐したのは近くの道路建設現場で働く男で、悪戯《いたずら》目的で学校帰りの少女に声をかけて車に乗せたところ騒がれて首を絞めて殺したのだと話した。

最初は悪い冗談だと思っていたようだが、そこまで具体的に言われて刑事も少し奇妙に思ったのだろう。捜査も行き詰まっていて、藁《わら》にも縋《すが》る思いで貴文の言った場所を調べてみれば、果たしてそこから少女の遺体が発見された。さらには、建設現場にいる男をあたったところ、寝泊まりしている簡易宿泊所の布団の下に少女の遺留品を隠し持っていたことが決め手となり犯人逮捕となった。

だが、この件は世間にはひた隠しにされた。警察もそんな怪しげな力に頼ったとは言えないし、貴文自身も人と違う能力があると騒がれれば困ると思ったからだ。それから長らく能力は意図的に封印されてきたが、再びそれを解放したのが大瀧なのだ。

当初は貴文の能力に関して懐疑的だった彼も今では完全に信じているし、頼りにもしている。そして、必要があればこうして貴文に会いに村へとやってくる。彼に協力することが世の中のためになるのなら、これは自分に与えられた使命なのかもしれない。

そう思うようになってから自分の能力とも向き合えるようになったし、同時に大瀧という男に自分の存在意義を見つけてもらったような気さえしていた。だから、幸平が心配するようなことはない。貴文は大瀧がやってくればいつものように快く迎え入れる。

「理由はどうあれ、あなただってこうして会いにくるじゃないですか」

一人は寂しくないかという問いに、彼の腕に抱き締められながら少し上目遣いにそう言って微笑《ほほえ》む。それは、自分に言い聞かせている言葉でもあった。

「俺以外の人間が助けを求めてくることはないのか？　村の人間はおまえの能力を知っているんだろう。口コミで広がっていたりしないのか？」

貴文の首筋に口づけながら大瀧がたずねる。だが、そんなことはないと首を横に振ってみせる。村で貴文が能力を使ったのは例の誘拐事件のときだけだ。あのときは少し話題にもなったが、信じる人も信じない人もいたし、二十年以上の月日が過ぎてしまえば誰の記憶もすでに曖昧《あいまい》だ。

また、貴文と同年代では信じている者もいるが、大げさに吹聴して回ったりしないのは、興味本位の人間が村に押し寄せてこられても困るからだ。きちんとした経済活動で過疎の村が賑《にぎ》わうのは歓迎するが、物見遊山の人間に踊らされても残るものはない。むしろ、それによって昔ながら風情や人間関係にヒビが入り、修復できなくなることもあると知っているのだ。

ここが過疎なりにもどうにか村の形を成しているのも、時代に迎合せずにありのままの自分たちの生活を守っているから。そんな村人たちにとって貴文の能力は、ちょっと不思議なことができるらしいがどうということもないという認識なのだ。そして、貴文もまた頼まれたからといって、自分の特種な能力を容易に使うこともなければひけらかすこともない。

「僕が力を貸すのは、あとにも先にもあなたにだけですよ。そもそも地元の諏訪先輩の紹介でなければ、きっとお話も聞かずに断わっていたでしょうし、これが広義の意味での人助けでなければ手伝ったりはしません」

貴文はそう言いながら、二人して横になったベッドの上で大瀧の愛撫《あいぶ》に身をまかせる。近頃はすっかり彼の手に慣れていた。といっても、他の男のことや女のことなど何も知らないままだ。貴文は二十六歳のときに彼に抱かれたのが正真正銘初めての性的な体験だった。

（ただし、生身のだけどね……）

高校まではこの村近くの地元の学校に通っていて、誰も彼もが顔見知りで恋愛関係になるような女の子はいなかった。大学は近県の薬学部のある大学へ通っていたが、寮生活をしていたため規則も厳しく勉強にも追われ、またしても恋愛どころではなかった。

だが、正直そのどれもがいい訳だと自分でわかっている。貴文は最初から女性に興味などなかったのだ。それ以前に性的なことにほとんど興味が湧《わ》かなかった。世間で言うところの年頃になっても、誰かに心がときめくことはなく、触れてそれ以上のことをしてみたいという感覚が込み上げてくることもなかった。

それもまた、さほど深刻ではないものの貴文にとっては悩みであった。人として普通と違うものを持っていれば、人が当然のように持っているものが欠落する。これはこれで納得のいく話ではある。だが、それほど見事に欠けていた貴文の性に対する欲望が、なぜか大瀧という男によって思いがけず火がついた。

生身で性的な体験をしたこともなかった体が、大瀧の腕の中で快感を知った。最初は成り行きだったが、いやなら二度目はなかったはずだ。よしんば、これが捜査のための協力に対する礼代わりだったとしても、彼自身それほど不快には思っていないのだろう。もちろん、貴文も大瀧に好んで抱かれているのは間違いない。

大瀧は貴文の先輩の諏訪と同じ歳だから、今年で三十四になる。貴文は二十九になった。どちらも結婚して子どもの一人や二人いてもおかしくない年齢だが、ともに独身だ。同性であるということを除けば、ごく当たり前の大人の関係と言ってもいいだろう。ただし、愛とか恋などという言葉は無縁だ。

（東京には恋人がいるのかな？　そのうち結婚しようと思っている人がいるとか。それとも……）

胸や脇腹《わきばら》に触れてくる手の感触に身悶《みもだ》えながら、貴文はふと考える。大瀧のプライベートについてはあまり詳しくない。たびたびここへ訪ねてきて貴文を抱いてはいても、一夜明ければすぐに東京に戻っていってしまうし、抱き合っている間はあまりよけいな話はしない。

いつも難しい事件を抱えてやってくるのだ。気軽な気分でたわいもない話などする気分でないのはわかる。だが、今夜はなぜか写真の霊視よりも先に抱き合ってあるし、いつもと違って少しばかり彼の口が軽い。何か心境の変化でもあったのだろうかと思いながらも、そのことをたずねようとはしない。遠慮ではなくて、自分たちの関係は馴《な》れ合うようなものではないと思うから。

「なぁ、こんな田舎で着飾れとは言わないが、それにしても自分を過剰に地味に見せていないか？」

「えっ、僕のことですか？」

「他に誰がいるんだ？　もちろん、おまえのことだよ」

苦笑交じりに思いがけないことを言われて、ベッドの中で仰向《あおむ》けになる大瀧に体を重ねていた貴文が目を見開いた。

日本人の平均よりはかなり長身で、スーツ姿は着痩《きや》せして見えても実際の胸板は厚い。警視庁捜査一課の刑事といえば凶悪犯とも対峙《たいじ》するため、普段から武術などで鍛えていると聞く。実際、捜査現場で危険な目に遭うことはしょっちゅうなのだろう。彼の体には消えずに残っている傷痕《きずあと》も少なくない。

腕にも肩にも、そして背中にも引き裂かれたような傷痕があり、再生された皮膚は周囲とは違う少し赤味を帯びた色をしている。そんなたくましい大瀧の裸体にそっと手のひらを添えながら、貴文は答えに困ってから小さく肩を竦《すく》めてみせる。

「お気に召さないようなら申し訳ないですけど、もともと地味な顔なんですよ」

するとと、大瀧は貴文の腰に手を回し、そのまま体を入れ替えて自分が上になった。そして、二本揃《そろ》えた指でゆっくりと貴文の顔の輪郭を撫《な》でながら言う。

「派手ではないが、目鼻立ちが整ったきれいな顔をしている。それに、何度か抱いているうちに気づいたが、なかなか色っぽい表情になる」

「それ、褒めてくれているんですか？　そういう気遣いは……」

自分たちの間では必要ないと言いかけたが、大瀧は貴文の首筋に唇を押しつけながら耳元で囁《ささや》いてきた。

「いや、褒めているというより、俺がそう思うという話だ」

ビクリと体を震わせたのは、耳元にかかった彼の息のせいだけではない。片手が股間《こかん》に伸びてきて、貴文自身をやんわりと握り締めたからだ。その愛撫に身をまかせながら、少し喘《あえ》ぎ声交じりに言う。

「あなた、変わっているから……」

審美眼や好みは人それぞれだ。だが、貴文をきれいだという感覚はあまり一般的ではないと思う。そして、そんな貴文を仕事上の借りがあるとしても抱けるのだから充分変わっているだろう。

「いや、おまえにそれを言われるのはどうかと思うがな……」

複雑な笑みとともに唇を重ねてくる。確かに、それはそうだと思う。変わっているといえば、貴文のほうがよっぽど変わっているのは間違いない。ただ、変わっている者同士で体を寄せ合っても温かさを感じることはできる。これはきっと普通の人たちが普通に味わっている温もりと同じで、同じ快感だと思う。

「ああ……っ、んんっ、そこ、あまり強くしないで……」

「どうしてだ？　感じているんだろう？」

「でも、感じすぎてしまう……」

「それの何が駄目なんだ？」

駄目ではないけれど、一人で先にいかされるのはいやだった。そして、それを口に出して言うのもなんだか恥ずかしい。もう何度も体を重ねているけれど、抱き合いながら言葉を交わしていてもどこか上っ面なところがあった。向こうも踏み込んでこない分、こちらも一線を引いてしまう。だから、いつまで経《た》っても恥ずかしいことは恥ずかしかったりするのだ。

それでも、いい歳をして恥らっていると思われるよりはいっそ淫《みだ》らだと思われるほうがいい。つまらない見栄かもしれないが、経験の浅さを笑われたくないという思いはある。だから、貴文はわざと拗《す》ねたような表情を作り、大瀧の胸の突起を指でつまんで誘う。

「一人じゃつまらないでしょう。一緒にいったほうがずっといいはず……」

「それはそうだな。だったら、後ろの準備をするから腰を上げてくれよ」

「なんだか今夜は性急じゃないですか？　もしかして……」

さっさと貴文を抱いてから写真の霊視をさせ、今夜中に東京に帰ろうと思っているのだろうか。そう思った途端、急に胸が苦しくなる。だが、大瀧はなぜか柄にもなく照れたような笑みを浮かべながら使い慣れた潤滑剤を指に取り、貴文の後ろの窄《すぼ》まりをまさぐってくる。

「そういうことをいちいち言わせるなよ。捜査に追われて吐き出している暇もないんだよ」

「ああ、そういうことですか……」

要するに、溜《た》まっているということらしい。それなら貴文も同じだからいい。少し腰を持ち上げて、彼の指がそこに潜り込んでくるのを待った。

潤滑剤はヨモギやセイヨウカノコソウ、他にもリラックス効果のあるアロマ系のものを混ぜて貴文自身が作ったものだ。販売はしていないが、軽い怪我《けが》や頭痛のときに万能クリームとして使っている。もちろん、セックスのときにも常備しているものだ。

「ううっ、んぁ……っ」

そこを他人の手で解《ほぐ》される感覚は独特で、何に例えることもできない。背筋を這《は》い上がっていくのは間違いなく快感だ。指だけでもうっとりとして、貴文が大瀧の顔を見上げる。

「そんな顔で見つめるなよ」

「そんな顔って……？」

自分でどんな顔になっているのかわからず、快感でぼんやりしたまたずねる。すると、大瀧が貴文の片足の膝裏《ひざ》を持ち上げて、すでに準備を整えた自分自身を窄まりにあてがってくる。

「色っぽくて、少しせつなそうな顔だよ」

そう言ったかと思うと、彼の大きなものが貴文の体の中に入り込んでくる。色っぽくないし、せつないこともないと言い返そうとしたけれど、貫かれた衝撃で貴文は大きく仰け反《のぞ》る。

「あうっ、んぁ、んん……っ」

それが奥へ奥へと潜り込んでいき、煽《あお》られて言葉が出ない。ただ、甘い喘ぎ声ばかりが口をついて出てしまう。

「貴文……、大丈夫か？　体、辛くないか？」

最初に会ったときからどちらかといえばぶっきらぼうな口調だったし、まがりなりにも四年のつき合いになり、何度も体を重ねている。なので、普段の会話では「おまえ」と呼ばれていて、貴文もそう呼ばれることは気にもしていない。ただ、彼に名前を呼び捨てにされるといつまで経ってもドキッとしてしまう。

「へ、平気。だから、もっと……」

名前を呼ばれた軽い動揺をごまかしながら、もっと深くまできてほしいと訴える。田舎の独り暮らしでいても、心の慰めならいくらでも見つけられるし寂しくなんかない。嘘《うそ》をついたつもりはないが、寂しいからといってどうすることもできないのが現実なのだ。だから、こうしてときおり得られる温もりを貪《むさぼ》ってしまうのは仕方のないこと。

「どうせ明日の朝には帰ってしまうんでしょう。だったら、もっとちょうだい……」

今このときだけは羞恥《しゅうち》など捨てて、貴文が正直にそう訴えた。大瀧は望みを叶《かな》えるように、さらに深く突いては激しい抜き差しで途切れることのない快感を与えてくれる。この体に甘く淫らなものが植えつけられるたび、堪《こら》え性のなくなっていく自分を感じている。

（こんなはずじゃなかった。本当はこんなつもりじゃなかったのに……）

心の中で繰り返しながら、大瀧の腕の中で夜が更けるまで乱れた。この温もりを手放したくないと、いつか本気で思うときがきそうで不安だった。それでも、そのときを案じて彼を追い返すことも突き放すこともできやしない。

四年前にこの男にかかわってしまったときから、こうなることはぼんやりと理解していたはず。なのに、あのとき拒めなかったのは、村の先輩の諏訪の紹介だったという理由だけじゃない。大瀧の凶悪犯を捕まえたいという正義感に胸を打たれただけでもない。

うまく言葉で説明はできないが、なんとなく彼という男は自分に必要な人間だと思ったのだ。実際、貴文は自分の能力の正しい活用方法を得たと思う。ただし、こういう意味で必要になるとは思っていなかっただけ。

「貴文……っ」

いつから彼は自分のことを呼び捨てにするようになったのだろう。振り返ってもどのタイミングだったか思い出せない。でも、そう呼ばれるのは嫌いじゃない。両親が逝ってしまった今は、それほど多くの人が自分を呼び捨てにしてくれるわけではないから。

たとえその呼び方に特別な親しみがなかったとしてもいい。抱き締められて、愛撫の中で名前を呼ばれれば、自分がまだこの世に存在していると確認できる。どういう理由でも必要とされていると感じることができる。

「ああっ、お、大瀧さ……んっ。もう、いくっ。いってしまう……っ」

貴文が彼の首筋に両手を回し、快感のあまり嗚咽《おえつ》交じりの声で言う。それを聞いて大瀧は一度動きを止めたかと思うと、自分もその瞬間に向かって呼吸を整えている。

この短い間がなんとも言えずに気恥ずかしいけれど、生身の誰かと向き合っていると意識できる瞬間でもあった。何か得体の知れないものに勝手気ままにこの体を弄《もてあそ》ばれているわけではない。自分は自分の意思で抱かれて体を開き、あられもない姿を晒《さら》している。これが現実だと思うだけで、貴文の下半身にはさらに熱が集まり、窄まりは強く大瀧自身を逃すまいと締め上げる。すると、大瀧は小さく呻いて、貴文の股間の先端を親指の腹で撫でながら囁くのだ。

「少し緩めてくれないか。さすがにこれじゃ動けない」

「あっ、ご、ごめんなさい……」

そんなつもりではなかったと言いたいけれど、体と心は言葉を裏切るように彼をさらにもっと深いところへと呑《の》み込んでいこうとする。

「んっ、あっ、ああ……っ」

そんな貴文の反応に呆《あき》れたのか、大瀧は小さな声を漏らして笑ったかと思うと今度は少しばかり力任せに体を動かしはじめる。そして、最後の激しい抜き差しが始まり、誰に憚《はばか》るでもなく淫らな声を上げまくっていたが、間もなくして二人がほぼ同時に果てる。

ぶるっと震える体を重ね合い、最後の一滴まで出し切ってしまうとどちらからともなく長い吐息を漏らした。

「ああ、すごくよかった……」

セックスのあと男女がどんな会話をするのか、あるいは男同士ならどういう言葉をかけ合うものなのか、貴文にはまったく知識がない。ただ、初めて抱かれたときから思ったままの言葉が口からこぼれてしまうだけだ。

最初の頃はそんな貴文を奇妙に感じていたのか、大瀧はなんとも言えない表情を浮かべていた。だが、近頃はうっとりと呟《つぶや》く貴文の横に仰臥《ぎょうが》して、何も言わずに厚い胸板を上下させながら頷いていているばかり。

そして、気だるそうに手を伸ばしてきたかと思うと、その夜はなぜか貴文の伸びた髪をそっと手のひらで撫でていた。セックスそのものも気持ちがいいが、こうして事後に優しく触れてもらうのがいい。ずっとそうして体のどこかに触れていてほしい。

けれど、どんなにほしがっても仕方がない。この男は夜が明ければ東京へ戻っていく。またいつかのように激しい雨が降ればいい。そうすれば、この男は雨が止むまで自分のそばにいてくれるだろう。そんなことを思いながら、貴文はわずかな時間まどろみの中で快感の余韻を楽しんでいる。そして、この男と初めて出会った日のことをぼんやりと思い出しているのだった。

あの日は諏訪から前もって電話をもらっていたものの、まさかそんな用件とは思ってはいなかった。ただ、東京の大学時代の友人を連れて行くという話だったのだ。やってきたのは友人には違いなかったが、東京の刑事だという。

『捜査は遊びじゃないんだ。諏訪、冗談ならもう少し手の込んでないやつで頼む』

大瀧が初めてこの村を訪れ、貴文の能力の説明を受けたときに言い捨てた言葉だ。

『でも、貴文は本当に誘拐事件を解決したこともあるんだよ。きっと何か力になってくれると思うんだ』

大瀧の態度に諏訪がうろたえながらも説得しようとするが、当の貴文はといえば大瀧という男と同様にあまりにも突然のことに少々呆れていたのだ。

あのとき、村の役場の仕事で東京に出張していた諏訪から電話が入り、客を連れていきたいと言われたときはてっきり漢方や薬草に興味を持っている人なのかと思っていた。ところが、きてみれば客というのは東京の警視庁捜査一課の刑事で、事件解決のために協力してやってほしいというのだ。まさか、この歳になってずっと封印していた能力を頼ってこられるとは思ってもいなかった。

諏訪の言葉を胡散《うさん》くさそうに聞きながら薬剤師の白衣を着た貴文の顔を見た大瀧は、奥二重の瞼《まぶた》を大きく見開き鋭い視線を投げかけてきたものの、すぐさま首を横に振った。そして、もはや愚痴る言葉も失《な》くしたようにきびすを返して帰ろうとしたくらいだ。それを諏訪が必死で引き止めているのを見たら、なんだか気の毒になってしまった。

諏訪が嘘つきだとあしらわれるのは筋が違う。先に貴文の許可を得ないでいきなり刑事をここへ連れてきたのはどうかと思ったが、話を聞けば諏訪は大学時代の友人が困っているのを見かねたのだと言う。

その当時、大瀧の所属する警視庁新宿署の捜査一課ではいくつかの事件を抱えていたが、その中の一つに、ある女性が行方不明になった事件があった。情報や証拠となるものがなくこのままでは生死も不明のまま、単なる失踪《しっそう》事件として迷宮入りになりそうな雲行きだった。

八方塞がりの状態で大瀧が頭を抱えていたとき、たまたま村の地方自治関連の書類提出のため上京していた諏訪と街中でばったり会った。

都内の同じ大学の法学部で学んだ二人だが、大瀧はその後警察組織に入り、諏訪は実家のある村に戻り役所に勤務していて、かれこれ十年ぶりの再会だった。大学時代は一緒に飲んで遊んだ仲の二人は懐かしさに立ち話をして、大瀧が厄介《やっかい》な事件に日々奔走している事実を知ったのだ。

『正直、藁にも縋りたい気持ちだよ』

学生時代からいつも飄々《ひょうひょう》とマイペースだった彼らしくもない、疲れきった弱気の言葉を聞いて諏訪の心が動いたようだ。彼は理由を問う大瀧を半ば騙《だま》すようにして、強引に村に連れてきたのだ。そして、地元に着いてからようやく自分の後輩で珍しい能力を持っている者がいるから、たずねればいずれかの事件で何かアドバイスをもらえるかもしれないと話したのだという。

諏訪にしてみれば友人を助けたい一心だったのだろう。驚いたのは連れられてきた大瀧であり、いきなり能力の解放を強《し》いられた貴文のほうだった。

正直、長らくその気になって写真をじっくり見るようなことはしていない。なので、貴文自身自分の能力がどのくらい使えるものなのかわかっていなかった。ただ、諏訪の気遣いを悪い冗談と受けとめ、当然のように貴文の能力についても懐疑的な態度を取っている大瀧を見ているのは愉快な気分ではなかった。

少し驚かせてやれば、溜飲《りゅういん》も下がるだろうか。そして、何より普段からよく面倒を見てくれている諏訪の顔を潰《つぶ》すのも申し訳ないと思った。さらには、能力のことは秘密にしておくべきだと言っていた父親ももうこの世にはおらず、貴文の歯止めとなるものが何もない状態だったのだ。

大瀧に捜査対象である人物の写真を持っているかたずねると、聞き込みのために持っていた写真をしぶしぶ出してくる。

『写真を見て何がわかるっていうんだ？』

ぶっきらぼうな口調で肩を竦めている大瀧が差し出したのが、行方不明になっているという女性の写真だった。貴文はその写真を手にしてじっくりと眺める。すると、見る見るうちに女性の姿に暗い影が差して、すぐに彼女がもうこの世の人ではないとわかった。まずはそれを伝えると、大瀧は気に入らない言葉を聞かされたとばかり不機嫌さを隠そうともしなかった。

だが、間違いない。生きている人の姿は写真に写ったままなのに、亡くなった人の写真は色がなくなっていき、まるで白黒写真のようになる。白黒写真の場合は黒の部分が強調されて、ほとんどドス黒い影絵のようになってしまう。だが、それだけではない。

同じ亡くなった人でも大往生した人や、覚悟のできていた人、突然であったとしてもそれ

が運命だったと受け入れることのできた人の写真の姿は穏やかなものだ。写真のままに何も訴えてくることはない。

問題は大きく深い無念を抱《いだ》いて亡くなった人だ。たいていは謂《いわ》れのない理由で殺害された人である。どんな笑顔で写っている写真も、それが苦痛と恨みの表情に歪《ゆが》み、やがてはその苦悶《くもん》をこちらに向かって訴えてくる。どこで、誰に、どんなふうに殺されたのか。誰にどんな恨みを抱いているのか。それを伝えたい気持ちの強い人ほど、明確に詳細を貴文に向かって語ってくる。

幼い頃は彼らの思いを直視するのが怖かった。それに訴えているのが大人の場合、どんなに詳細に語られても子どもの貴文には理解しきれないジレンマもあった。だが、大人になって久しぶりに能力を解放してみれば、怖いのは変わらなくてもその無念さが可哀想で、どうにか心が穏やかになれるよう助けてあげたいと思えた。

一ヶ月前から行方不明になっているというその女性は、独り暮らしの部屋から忽然《こつぜん》と姿を消したという。部屋はきれいに片付いていてまるで長期の旅行にでも出かけたかのようだった。だが、勤め先にそんな連絡はなく、家出や自殺など不穏な真似《まね》をする理由もまったくない。仕事もプライベートもおおむね順調だった。

やがて家族から捜索願が出され、部屋を調べたが犯罪に巻き込まれた様子もない。ただ、奇妙なことに部屋の中には彼女自身のものも含めて指紋という指紋が残っていなかった。それがかえって犯罪を匂《にお》わせていると大瀧は考え、とにかく周辺の聞き込みを続けたが埒《らち》が明かないまま時間だけが過ぎていたのだ。

『犯人はマンションの隣人の男ですよ』

貴文は写真の彼女が泣きながら訴えていることを大瀧に逐一伝えた。彼女が失踪したことになっている当日の夜のこと。隣の部屋に住む男がやってきて彼女に襲いかかり、レイプして殺害。その遺体を某県の湖に重りをつけて沈めたのだ。

だが、大瀧は隣人なら何度も事情聴取しているし、怪しいところはなかったと言う。そこで貴文が彼のＤＮＡを採取して調べればいいと言った。隣人の男はずっと彼女に対してストーカー行為をしており、合鍵《あいかぎ》を作って彼女の部屋に何度も侵入していた。その際、彼女の使った化粧用コットンをゴミ箱から盗み出したり、彼女の歯ブラシで自分も歯を磨くなど変態的な行為を繰り返していた。

『彼女は気づいてなかったみたいですね。男がものすごく巧妙にやっていたんです。そういう慎重でマメな性格だから、人知れず遺体も処理できたし、指紋も全部拭《ふ》きとっていた』

もっとも、彼女の分の指紋まで消すことになったため事件性を疑われたわけで、「策士策に溺《おぼ》れる」といったところだろう。にわかに信じがたいと大瀧の表情が物語っていた。だから、隣人のＤＮＡと彼女の歯ブラシを調べてみるように言った。部屋は家族の意向によりまだそのままで、歯ブラシも彼女の部屋に残っているというから、そこに隣人の痕跡《こんせき》が見つかるはずだ。貴文のアドバイスを受けた大瀧は、半信半疑で東京へ戻っていった。

果たして、事件はそれから二週間後に見事に解決した。すべては貴文が言ったとおりだった。すなわち、貴文は特種な能力によってすべてを透視したということになる。

『お役に立てば何よりです』

一ヵ月後、礼を言いにやってきた大瀧に言った。その日から二人の本格的な交流が始まり、それからというものかれこれ四年が過ぎた。

本当は諏訪の顔を立てて協力しただけで、再び能力は封印してしまうつもりだった。けれど、事件が解決したと報告する大瀧の晴れやかな表情と、最初は小馬鹿《こばか》にしていたことを殊勝に詫《わ》びる態度についほだされてしまった。

『また困ったときはどうぞ。使い道のない能力だと思っていましたけど、お役に立てれば幸いです』

すると、大瀧は難事件を抱えこのままでは迷宮入りしてしまうという段になると、ふらりと貴文のところへやってくるようになった。

そんなときの大瀧はいつも捜査に疲れきっていて、彼自身の命が尽きてしまいそうな状態なのだ。そんな姿を見ていると手を差し伸べないわけにはいかない。いくら刑事だからといっても、どうしてそこまでするのかと問えば、彼は犯罪者をのさばらしておく世の中にはしたくないと真っ直《ます》ぐな目で言った。

一点の曇《くも》りもなかった。この人は本当に犯罪を憎んでいるのだと思った。その理由については知る由もなかったが、気がつけば大瀧の捜査に手を貸すことは貴文にとって当たり前の行為になっていた。

最初の頃は、文字どおりボランティアのような気持ちで大瀧に力を貸していた。なので、いっさいのギャランティなどは受け取っていない。よしんば懸賞金がかかっている案件であっても受け取らないし、ましてや大瀧のポケットマネーも受け取ったことはない。自分の能力で金儲《かねもう》けをする気はないのだ。

ただし、まったくの無償かといえば、この数年はそうとは言えないのかもしれない。こうして、彼が力を頼ってきたときはいつからか必ず一泊していってもらうようになった。いつもどおり捜査の協力を得て、彼が折り返し東京に戻ろうとしたらいきなりの豪雨が降り出し、身動きが取れなくなったのがきっかけだった。

その夜になんとなく抱き合ってからというもの、それが当たり前のようになって習慣化していった。大瀧がどういう性的指向の持ち主かなんて考えたことはない。彼はとても自然に、成り行きにまかせて貴文を抱いた。

出会って四年、体の関係ができて三年以上の年月が過ぎた今も二人の関係は変わらない。捜査の協力をして、体を繋いでわずかな時間をともに過ごすだけ。

「ああ、お気の毒に。些細《ささい》なことでこんなことになるなんて……」

その夜、抱き合ったあとシャワーを浴びてからあらためて大瀧から渡された写真を霊視した。そして、亡くなった被害者の写真が訴えることを代弁し、そのときに何があったのかをすべて伝えた。

それは、都内地下鉄駅構内で深夜に起きたサラリーマンの殺害事件だった。犯人は近くの地下道に寝泊まりしているホームレスだったようで、酔ったサラリーマンに執拗《しつよう》に罵倒《ばとう》されたことにカッとなっての犯行だった。

「なってこった。こういうケースが一番気分が沈むんだ」

大瀧は自分の額を手のひらで押さえて唸《うな》る。気持ちはわからないでもない。同じ苦しみとも悲しみともいえないものを、たった今彼と共有している。

「残念ですが、そういうことだそうです」

殺されたサラリーマンも酔ったうえでのこととはいえ、己の所業を悔いているのだろう。ホームレスの特徴を聞き出すのは貴文でもかなり苦労した。だが、ここからが大瀧の本来の仕事で、都内の地下鉄を寝床にしているであろう犯人のホームレスを探し出さなければならないのだ。

たとえ喧嘩《けんか》や小競り合いの結果であったとしても、人の命が失われているのだから犯人は法で裁かれなければならない。だが、大瀧の言うように犯人が捕まり事件が解明しても、こういうケースは遺族もまた苦い思いを抱えることになるのだ。

夜のうちに霊視を終えて再び一緒のベッドで眠りにつき、翌朝になればいつものように雨が降っていた。以前に大瀧の足を止めたときのような豪雨ではないが、なんとなく帰ろうとする人間を億劫にする雨だった。だが、朝食を摂るなり大瀧は東京へと戻っていく。貴文はそんな彼を玄関先まで見送る。

「雨だから、運転にはくれぐれも気をつけてくださいね」

「おまえのところから帰ろうとすると、いつも雨が降るな。こういうのを『遣《や》らずの雨』っていうらしい。色っぽいが、あいにく雨に足止めされている場合じゃないんでね」

そう苦笑を漏らしつつも、大瀧は貴文に捜査の協力と一泊と食事の礼を言い、停めてある車のところへと駆けていく。

秋の雨の早朝、まだ薄暗い中を大瀧の運転する車のテールランプが遠ざかっていく。その日から、また彼がやってくるときを待ち続けるのが貴文の日々だった。

◆◆

大瀧が貴文を訪ねてくることを知っている人は、村でもそう多くはない。彼はその日の捜査を終えてから車を飛ばしてくる場合が多く、村に着く頃には夜の遅い時間になっていることがほとんどだ。そして、一夜明ければ早朝にここを発《た》つ。

なので、村の人でも気づいている人は少なかった。ときには諏訪にさえ連絡も入れずにやってきて、そのまま帰ってしまうくらいだ。諏訪は大学時代の友人である大瀧の人となりをよく知っている。なので、そういう大瀧のドライな性格をなんとも思っていない。それより、自分が紹介した貴文を大瀧が信じて頼っていることを素直に喜んでいるようだ。

だが、大瀧のことを快く思わない者もいる。たとえば高嶋屋旅館の幸平だ。彼は薬草の仕入れに早朝から貴文のところへやってくることがあり、そんなときに東京へ戻っていく大瀧の車を見かけることがあるらしい。

『俺はあいつが気に入らないんだよ。だって、貴文さんの能力を利用しているだけだろ』

幸平の言い分も心配もわかっている。けれど、本当はそれだけではない。貴文もまた大瀧を利用している部分があるのだ。

もし幸平が二人の肉体関係を知ればどんな顔をするのだろう。呆れるだろうか、それとも怒るのだろうか。あるいは、男同士であることで嫌悪感を覚えるのかもしれない。

けれど、幸平にどう思われようと、貴文は大瀧がここへやってくるかぎり彼の存在を拒む気はない。本音を言えば心の中では大瀧がやってくるのを心待ちにしている。心というより体だろうか。そう思うと、なんとも淫らな気がして自分という人間がいやになる。

（でも、本当に淫らな人間だもの……）

大瀧が一泊して早朝に帰っていった日の夜、貴文は一人の夕食を済ませてからシャワーを浴びてベッドに入り思う。

昨夜もこのベッドで大瀧とただれたような夜を過ごし、朝まで彼の温もりを感じながら眠っていた。最初の頃は抱かれれば数ヶ月はその余韻で満たされていた体は、だんだんと貪欲《どんよく》になってきたように思う。近頃は大瀧が帰っていった途端に彼の存在が恋しくなる。

それについては、なるべくしてこうなったと思うことがある。誰にも言えないことだけれど、父親が死ぬ間際に貴文に話してくれたことがあった。それは貴文の能力のことであり、貴文がまだ十歳になる前に他界した母親のことであった。

父親が言うには、貴文の特種な能力というのはおそらく母親譲りであり、彼女は奇妙な女性だった。父親と結婚したのちも、なんらかの理由で二人はずっと性交のないままでいたにもかかわらず、彼女はいきなり妊娠したというのだ。

もちろん、父親は母の不貞を疑ったがそれはどんなに調べてもいっさいなかった。彼女は夢の中で怪しげなものに犯されて妊娠したと言い張っていた。そして、貴文を産んでからようやく普通の女性となって父親と夫婦生活を営むようになったものの、病で若くして亡くなった。

貴文の記憶の中の母親というのは優しく美しいけれど、今にして思えばかなり浮世離れした印象の人だった。小学校の他の同級生たちの母親たちとはどこか雰囲気が違っていて、何かしら夢見がちでいてはかなげな人だった。貴文は村の年寄りたちからは、容貌も含めてよく死んだ母親に似ていると言われる。貴文自身も近頃鏡を見れば、遺影の母親に似ていると思う。

『おまえは誰の子かわからないが、彼女が産んだというだけでわたしの息子だと思っている。人のためにできることがあればそれもいいが、何よりも自分のために生きてほしいと願っているよ。幸せで穏やかな人生を送ってほしいと思っているから』

それが、病によって他界する間際に父親が残した言葉だった。母親の妊娠《にんしん》の話を聞いたとき、臨終が近く意識が何度も混濁していた父親が、妄想めいたことを口にしたのだと思った。けれど、同時に貴文の中でなんとなく腑《ふ》に落ちることもあったのだ。

そもそも、貴文の性は奇妙なものだった。成長の段階で女の子にまったく興味を持つことがなかったばかりか、性的なものに心が乱されることがなかった。

単純に成長が遅くて、そういう好奇心への芽生えが遅かったというだけの問題ではない。同性にしか興味を持てない性的指向なのかといえば、それも少し違っていたと思う。

実のところ、貴文が性的な興奮を覚えたのはけっして遅かったわけではない。それが人にはない能力を持って生まれたことに関係があるのかどうかわからないが、母親に似た経験をしてきた事実があるのだ。

性的に淫らな夢を見て夢精するのは、思春期の青少年なら誰でも経験していることだ。ただ、貴文の場合通常とは少しばかり違ったのは、女の子の体に触れたり、抱き締めたりする夢を見ていたわけではないということ。夢の中で貴文は常に強い誰かにこの体を貫かれていた。体中を弄ばれ、股間が痛いほどに張り詰めた頃、後ろから何かが体の中に入ってくる。圧迫感とともに体を突き抜けるのは確かに快感だった。そして、朝起きると股間が濡れていて、慌てて下着やパジャマを洗濯機に放り込まなければならなかった。

淫らな夢を見る自分に悩んだこともある。こんなことは学校の友人や先輩に打ち明けられないし、ましてや父親にも言えない。自分は男なのに、どうして夢の中で抱かれているのだろう。そういう性的指向なのかと思ったが、現実世界で心惹《ひ》かれる同性がいたわけではない。テレビや雑誌で美貌《びぼう》の男性を目にしても、特定の誰かに心ときめくこともない。

だったら、夢そのものに何か意味があるのかとこっそり隣町の図書館まで行って調べたりもした。高校生になって自分のノートパソコンを手に入れてからは、ネットでもあれこれと検索してみたりした。

夢占いなどなんの役にも立たないし、精神分析も研究者によって言っていることがまちまちだ。そんな中で一つだけ気になったのは、キリスト教の概念の一つで悪魔や魔物に属するものの話だった。

「夢魔」という存在がいると信じられていて、それは人の夢の中に現れ性交をしていくという。また、「夢魔」には二種類いて、女のところへ現れるのがインクブス。男のところに現れるのはサクバスとあった。だとしたら、なぜインクブスと思われるものが貴文のところへやってきたのかということがまた疑問として残った。

結局、答えはわからないままだった。それに、「夢魔」などという存在も容易に信じるわけにはいかない。すべては自分の心の問題で、たまたま何か人と違った歪《いびつ》なものを心に抱え持っているというだけのこと。

その後も貴文にとって「性」というのは、夢の中に出てくる奇妙な存在によって乱されることでしかなかった。怪しげな夢を頻繁に見ていても、その欲望が現実に結びつくことはない。結びつけようにも、男である自分が誰かに貫かれるなど現実ではあり得ないと思っていたから。

二十歳を越えても誰とも性的な接触を持つことのないままだったが、幸か不幸か欲求不満で身悶えるようなこともなかった。というのも、夢の中の経験で貴文の心身は満たされていたからだと思う。

ところが、奇《く》しくも自分の持つ不思議な能力を解放する機会がやってきて、それとほぼ同時に今度は生身で性的な経験をすることとなった。どちらも大瀧という存在によってであり、貴文はそのどちらもほぼ抵抗もなく受け入れた。

能力のほうはともかく、体のほうは必ずしも大瀧がそれを望んできたというわけではない。

彼の名誉のためにそれだけは認めなければ悪いと思う。

最初の事件が解決して、礼を言いにやってきた彼に好感を抱いたのは事実だ。最初の印象があまりよくなかったせいもあり、その反動で一気に大瀧という男の誠実さと正直さが貴文の心に刻まれた。

以来彼への協力が度重なっていき、あるとき無償で貴文が力を貸していることについて大瀧がひどく恐縮した様子で言ったのだ。

『何一つ礼らしいこともできずに申し訳ないと思っているよ。それに……』

それは、写真の霊視を終えて東京へ戻ろうとしたとき、思いがけない豪雨に見舞われ大瀧が足止めを喰《く》らった日の夜のことだった。夕食のあと、泊まっていくのならということで二人で地酒を飲んでいた。酒の力もあったのかもしれないが、いつも事件を抱えて神経をピリピリさせている彼が少し照れたように笑ったのをそのとき初めて見た。

そして、彼はここへくるとなぜか体調までよくなるのが不思議だと呟いた。それはおそらく、いつも顔色が悪い大瀧に貴文が煎じた薬草茶を飲ませたり、漢方薬を持たせたりしてやっていたからだ。もちろん急激に体調がよくなるわけもないが、気分的なものもあるのだろう。

『礼なんて必要ないですよ。たまに都会の人がきて、話でもしていってくれれば退屈しのぎくらいにはなりますから』

ちょっと憎まれ口かなとは思ったが、大瀧は苦笑を漏らしただけだった。そして、酔った貴文がそれでも礼をしてくれるというならキスの一つでもしてもらいましょうか。などと言ってからかい半分で自分の頬《ほお》を差し出したのだ。

すると、大瀧もけっこう飲んで酔っていたのか、貴文の頬ではなく唇に自分の唇を重ねてきた。そうなったら、どちらも止めることができなくなって、水が高いところから低いところへ流れるように自然とそういう関係になった。

それまで異性とはもちろん、同性とも生身で抱き合ったことはなかった。大学に通っていた頃、実はそういう誘いがなかったわけではない。大学時代に同じ寮で暮らす先輩だったが、貴文の心が動かなかった。なのに、この地に戻ってきた途端、人生に大きな変化が起きたのだ。

もともと短命な霧野の家系なので、このまま誰とも体を重ねることなく静かに生きて、やがては父親のようにこの命も果てると思っていた。それなのに、いきなり現れた大瀧と関係を持つことになるとは考えてもいなかった。

初めての抱かれた翌朝は、猛烈に気まずかった。けれど、大瀧はどこまでも自然な態度だったから、自分だけがうろたえたところを見せるわけにもいかず平静を装った。それがよかったのか悪かったのかわからない。それからというもの、大瀧がくれば当たり前のように体を重ねるようになっていた。

夢魔に犯される自分も奇妙だが、大瀧との関係もまた奇妙だ。彼は貴文のことを抱くけれど、恋人とか特別な存在だとは思っていないだろうし、帰るときは当然ながら次の約束もしない。

貴文もまた彼の捜査に協力するのはやぶさかではないが、彼が自分にとって特別な相手だという思いは持っていなかった。けれど、そんな気持ちが近頃は少しずつ変わりつつあった。

『こういうのを「遣らずの雨」っていうらしい……』

大瀧は冗談半分で言っていた。彼が最初に泊まっていった日に降った豪雨は偶然だ。だが、それからも彼が訪ねてくるたびに雨が降るのは、自分の心が反映されているのではないかと思えるのだ。

すなわち、大瀧を引き止めたいという気持ちが自分の中にあるということ。そして、それは貴文が大瀧をいつしか特別な男と考えるようになっていたということだ。

体の寂しさもある。けれど、心も寂しい。大瀧にたずねられたとき強がる言葉を口にしたけれど、昨今の自分はどこか存在そのものが心許《こころもと》ないような気がしているのだ。そんな不安な気持ちに拍車をかけるように、幸平の言葉がまた脳裏を過《よ》ぎる。

『貴文さんの能力を利用しているだけだろ』

その疑いは貴文の中にもある。けれど、それだけじゃないと感じられる部分もあるのだ。

いずれにしても、幸平はもともと大瀧に対して態度が厳しかった。大瀧が貴文のところへきていると知れば、必ずあれこれと嫌味を口にする。

温和で少しお人好《よ》しなところがある諏訪と違い、今や両親に代わって実質老舗旅館を切り盛りしているだけのことはあって、先見の明もあれば気性もやや激しい。学校でもガキ大将気質で喧嘩っ早く、しょっちゅう教員室に呼ばれるような生徒だったが、なぜか貴文には懐いていていて今もあれこれと日常のことで手を貸してくれている。

大瀧と幸平は、貴文にとってどちらも大切な存在だ。だから、近頃では幸平からその話が出るとさりげなく話題を変えるか、適当に会話を切ってしまうようになっていた。

(今度はいつくるんだろう……?)

その夜も帰ったばかりの大瀧のことを思い、貴文は一人のベッドで眠りにつく。二人で眠れば狭いけれど一人で眠るとなんだか広すぎて、シーツがいつも以上に冷たく感じられる秋の夜だった。


大瀧が帰っていった翌日、早朝から畑仕事をすませた貴文が薬局を開ける前に朝食を摂ろうと台所に立っていると、母屋の裏口のドアをノックする音がした。

こんな早朝にやってくる人は珍しいが、いないわけではない。薬草を調達にくる幸平の他にも、早起きの老人が朝の散歩がてら買い物にきたりする。ちょっとした咳止《せきど》めや風邪薬、栄養ドリンクなどは店頭に並べてあって、それらがほしい客は店が開いていない時間なら当たり前のように隣の母屋へと訪ねてくるのだ。

「はい、どなた？」

朝食のコーヒーを淹《い》れていた貴文が裏口のドアを開けると、そこに立っていたのは村の老人ではなく先輩の諏訪だった。

「あれ、こんな朝早くにどうしたんですか？」

「悪いね。ちょっと出勤前に寄っていこうと思ってさ」

彼の勤める役所は温泉場のあるトンネル向こうの村の中心地にある。自宅は貴文の家からもそう遠くないので、通勤の行き帰りに何か用事があれば立ち寄ることは多々あった。だいたいは村の行事の連絡で、ときには薬剤師として医者の児玉と一緒に学校や老人会の健康診断に立ち合ってほしいなどの依頼もある。

貴文が諏訪を台所に招き入れながら、朝食は食べたのかたずねるとすでにすませてきたと言う。だったらコーヒーだけでもと、ダイニングテーブルに座ってちょっと待ってもらう。

すぐにコーヒーを淹れて、マグカップを一つ諏訪の前に差し出した。貴文はコーヒーと一緒に焼けたトーストののった皿を並べていつもの朝食を摂りはじめる。

「朝食はいつもそれか？　薬剤師だったら、栄養学もやってたんじゃないのか？　もっと健康的なものを作って喰っているのかと思ってたぞ」

「一人になってからはずっとこんなもんですよ。客でもいればもう少し張り切って作りますけどね」

「それって、大瀧がきたときか？」

　そう聞かれて、一瞬よけいなことを言ってしまったと思ったが、諏訪に隠し事をしても仕方がない。どうせ彼は何を聞いてもありのままを受けとめるし、物事についてうがった見方をすることがない。そもそも大瀧をここへ連れてきたのだって、単純に友達を助けたいという思いからだったのだ。

「そうですね。一応お客さんだし、諏訪先輩の友人だし、もう少しましなものを作って食べてもらっています。昨日もそうでしたし」

「えっ、あいつ、昨日きてたのか？　また俺には連絡も寄こさないで、しょうがない奴だなぁ」

「いろいろと忙しそうでしたから。一応諏訪先輩にもよろしくと言っていましたよ」

　本当はそんな伝言はなかったが嘘も方便だ。

「そっか。相変わらず捜査に追われてるんだな」

「ええ、相変わらず顔色も悪くて、不摂生丸出しの様子でしたよ」

貴文の言葉にやれやれとばかり首を振っている。

「ぶっきらぼうで細かいことは気にもしないくせに、昔から犯罪だけは見て見ぬふりのできない人間だったからなぁ」

確かに、貴文に協力を頼むときも犯罪と犯罪者がのさばっている世の中が許せないと言っていた。

「単に正義感が強いんですかね。それとも、何かあったのかな？」

貴文はトーストを食べ終えて、コーヒーの入ったマグカップを手にする。すると、諏訪がちょっと考える素振りを見せたかと思うと言った。

「俺も詳しくは聞いたことがないんだが、あいつの両親は何か犯罪に巻き込まれて亡くなっているはずなんだよな。それで、伯父《おじ》夫婦に引き取られて育てられたとか……」

「えっ、そうなんですか？」

それは初耳だった。といっても、大瀧とは四年のつき合いになるが、会うのは年に数えるほどで、体を重ねていても互いのプライベートについてはほとんど話すこともないのだ。

もう少しそのことについて聞きたいと思ったが、諏訪もあまり詳しくは知らないようですぐに話題が変わってしまった。

「じゃ、昨日は泊まっていったんだ？　メシも喰わせてもらって、なんか俺の友人なのにいろいろと面倒かけて悪いな」

自分が紹介した手前、諏訪は諏訪で恐縮しているのだろう。だが、貴文はそれほど面倒に思っていない。大瀧がきたときはちゃんとご飯を炊いて、味噌《みそ》汁を作り、焼き魚や卵焼き、それに山菜の佃煮《つくだに》などあり合わせでも体裁くらいは整えている。手間と言われればそうかもしれないが、父親が生きていた頃はそういう朝食のほうが多かった。笑ってそう言うと、諏訪が申し訳なさそうな表情になった。

「村にくることあればうちに泊まれって言ってんだけど、俺んとこだとカミさんに気を遣うっていうし、ガキどもがまだ小さくてうるさいし、おまえのところのほうが落ち着くのかもな」

「全然平気ですよ。僕もたまには都会の人と話せて楽しいですから」

でも、彼と抱き合っていることはさすがに諏訪でも言えない。少しカンのいい人間なら二人の関係を疑いそうなものだが、彼の場合はそういう気配もない。だが、貴文が思うに、諏訪は万一事実を知ってもきっと「へぇ、そうなんだ」くらいの反応なのだろう。

諏訪という男は天然で、どこまでも朴訥《ぼくとつ》な性格だ。こんな小さな村でも揉《も》め事はあるが、面倒な人間関係の緩衝材的役割を果たす典型的ないい人であり、一男一女のよき父親でもある。

「で、今日は何か行事の案内ですか？　そろそろ村の健康週間も近いし、老人会の健康安全集会の手伝いのことかな？」

今年は秋が早く、十月に入ってからは急に朝夕が冷え込んでいる。毎年春と秋に開かれる健康安全集会では、健康相談と生活安全相談会を一緒に行うので、貴文は薬剤師の立場から毎年参加して日常の食生活や薬の服用についてのアドバイスなどを担当していた。

「それもあるけど、今朝はちょっと別のことだ。高嶋屋のことなんだけど……」

それを聞いて、ハッとして口に運びかけたマグカップを止めた。諏訪は幸平のことを旅館の屋号を使ってよくそう呼ぶ。

「もしかして幸平のことですか？　彼がどうかしました？　また村で何か揉め事でも起こしてます？」

ああいう性格の幸平のことだから、村の誰かとぶつかることも珍しくない。たいていは諏訪が間に入って丸く治めてきているが、今回はそうじゃないと言う。

「参ってるんだよ。なんで貴文に東京の刑事を紹介したんだって、顔見るたびに嚙《か》みついてくる。あいつの気性の激しさは大人になっても全然変わらんな」

「ああ、そのことですか……」

幸平ならやっていそうで思わず苦笑が漏れた。村にとっては大切な若者で、高嶋屋旅館の跡継ぎで、諏訪や貴文にとっては小学校の頃からの可愛《かわい》い後輩だ。だが、確かに気の走ったところは相変わらずなのが玉に瑕《きず》だった。

「どうも僕が大瀧さんに協力しているのが気に入らないようで……」

「っていうか、おまえのことを心配しているんだよな。大瀧にいいように利用されてるってさ。でもな、大瀧とは大学時代の四年間つき合ってきて、俺はよくわかっているつもりだ。あいつは本当に根が真面目《まじめ》でいい奴なんだよ。正義感が強くて、人には誠実だしな」

「それは僕も短いつき合いですがよくわかります。だから、協力したいと思っているんですよ」

貴文が言うと、それでも諏訪はちょっと困ったように頭をかいた。

「幸平が言うには、おまえの本音としては能力を使いたくないんだってことなんだが、それって本当なのか?」

貴文はそれについてはいろいろと複雑な思いがあり、紆余曲折《うよきょくせつ》を経てきたこともあるので一言では説明できない。ただ、今となってはそれはまったくの幸平の思い込みだ。だが、言葉の出ない貴文に諏訪が言う。

「もし、大瀧に協力することがおまえの負担になっているなら、俺から奴に説明してもいいんだぞ。だから、正直に言ってくれよ」

「あっ、いや、それは……」

思わず貴文は今の自分たちの状況をどう説明したらいいのか、言葉を選ぼうと考えてしまう。だが、あまり言葉につまっているのを見れば、諏訪がまた心配すると思い貴文が言った。

「もちろん、頼まれもしないのに使おうとは思いませんけどね」

父親には黙っていたほうがいいと言われてきたし、貴文自身もそれを使って楽しいことはないと思っているのは事実だ。すると、諏訪がさらに心配そうに確認してくる。

「子どもの頃にあの誘拐事件を解決してから、ずっと何も言わなくなっただろ。それってわざと能力を使わないようにしてたってことなんだよな？　俺はよけいな真似をしてしまったのかな？　あのときは大瀧があんまり困っていたから、ついおまえのことを思い出して紹介しちまったんだけど……」

彼は疑問に思ったことはストレートに質問してくる。だから、貴文も正直に答えるしかないと思った。

「子どもの頃から人と違っているのは、僕にとって全然いいことじゃなかったんですよ。突出した個性で世間から認められるような才能ならともかく、こんなつかみどころのない能力じゃどうしようもないじゃないですか」

それは貴文の本音でもある。そんな簡単な言葉ですべては言い表せないが、それでも諏訪はなんとなくわかってくれているのか、何度も小さく頷いていた。

「信じない人もいるだろうし、おまえ自身も大変なんだろうって思うよ。でもな、俺はやっぱりそれはすごい能力だと思うぞ。実際、大瀧はそれで何度も迷宮入りしそうな事件を解決している。全部おまえの協力があってこそだろう。凶悪犯を逮捕して次の犯罪を未然に防いだとしたら、本当にたいしたもんだよ」

「僕はヒントを与えているにすぎませんよ。それを聞いて行動し、犯人を追い詰める大瀧さんの刑事としての能力があってこそのことです」

謙遜《けんそん》ではなく、本当にそう思っている。いくら死者の訴えを聞いたとしても、田舎の薬局の一薬剤師でしかない貴文では何ができるわけでもない。あくまでも現実に行動して、犯人を逮捕できるのは刑事である大瀧だからこそだ。

「それで、おまえは本当にいいのか？　辛いとかきついとかそういうことはないのか？」

本当に心配そうにたずねる諏訪に貴文は曖昧に笑うしかなかった。辛くないと言えば嘘になる。死者の苦悶の訴えに耳を傾けるのは、何度経験しても慣れるものではないのだ。

「なんて説明すればいいのか難しいんですが、ちょうどあの頃は父親が逝ってしまったあとで、自分の存在意義とかをぼんやりと考えるようになっていたんです」

「存在意義？　能力のことはともかく、おまえは村にとって大切な薬剤師だぞ。他にもいい薬草を作っているし、必要としている者が大勢いるんだからさ」

そういう当たり前のことをちゃんと言葉にしてくれるのが、諏訪という男のいいところだ。貴文は思わずニッコリ笑ってコーヒーの入ったマグカップを両手でしっかりとつかみながら言う。

「そうですよね。僕はただの薬剤師なんです。昔の事件を覚えている人ももうそんなにいないだろうし、あれは偶然とかたまたま起きた奇跡みたいに思っていてくれればよくて、自分でもそう思って生きていくつもりでした。ただね……」

それは本音なのだが、もう一つの本音というものもあるのだ。遠い昔、同級生の女の子が誘拐された事件が解決したとき、彼女の両親は貴文が警察に協力したことは知らなかった。だが、ニュース番組の記者に向かって「これでやっと娘も成仏できる。自分たちも先のことが考えられる」と言っているのを聞いて、どういう形であれ人のためになったと思ったのは確かだった。

「だから、彼の依頼に応《こた》えることによって凶悪犯が捕まればいいと思うし、それが犯罪の抑止になれば自分が力を貸している意味もあると思うんですよね。特別に与えられた能力だからこそ、人のため世の中のために使わないのはどうかと思うんです」

やるべきことから逃げるのは怠慢ではないか。そんなふうに偉そうな物言いをしたものの、本当はそこまで大げさな話でもない。単純に目の前で犯罪が起きているなら、普通の人なら警察に電話で通報するだろう。貴文はもう少し踏み込んだ協力ができるというだけのことで、それをしないのは人として駄目な気がするということだ。

「なるほどな。そういう考えもあるか……」

ただ、そんな能力がマスコミに騒がれ、村に人が押し寄せ、貴文自身が疲弊することは望んでいない。大瀧が貴文の能力を他言せず、ただ事件解決のためだけに協力を求めにくるならまったく問題はないと諏訪に言った。

「幸平はちょっと頭が働きすぎるんですよ。でも、心配するまでもなく大瀧さんは先輩の言うように、自己利益で動くような人じゃない。あくまでも、犯罪を取り締まりたい、凶悪犯を捕まえたいだけなんだとわかるから協力したいと素直に思えるんですよ」

貴文の言葉を聞いて、コーヒーを飲み干した諏訪が安心したように笑う。昔から変わらない、いくつになっても朴訥さがにじみ出ているさわやかな笑顔だ。

「俺の友人をそう思ってくれるのは嬉しいよ。本当にあいつはそういう奴だからさ。じゃ、幸平のことは俺もなんとか説得するとして……」

納得したようにそう言いながら席を立った諏訪に、貴文がその必要はないと言った。

「先輩が気にすることはないですよ。幸平なら僕にも直接あれこれ忠告してきていますから。あいつはあいつなりに考えていることがあるんでしょう。村のことを思っているのもわかるし、僕のことを心配してくれているのもわかっているから大丈夫です」

諏訪が何を思って出勤前にここに立ち寄ったのか、理由がわかったところで貴文がはっきりとそう言った。狭い村のことだから、小さな人間関係のいざこざも芽が小さいうちに摘んでおいたほうがいい。

まして大瀧という外部の人間のことだし、諏訪にしてみれば自分が招き入れた人間だ。悪気はなかったにしろ、彼なりに気に病むこともあったのかもしれない。それでも直接貴文の説明を聞いて納得がいったのだろう。

コーヒーの礼を言って裏口から出て行く諏訪を見送り、貴文はいつもどおり祖父母と両親の仏壇に手を合わせてから薬局へ行く。母屋に隣接した建物だが、ここで白衣を羽織れば村の一青年から薬剤師になる。もうすぐ朝一番に診療所へ行ってきた誰かが、処方箋を持ってやってくるだろう。誰もが元気で長生きしてくれればいいし、そのために必要なことはできるだけ手助けしていきたい。

薬局のカーテンを開けてドアの閉店の掛札を外す。祖父母がやってきたことを両親が継いで、今は貴文が生前の父親と同じように店に立つ。ありきたりな毎日だが、それでいいと思っていたときもある。

けれど、自分に与えられた能力はそれだけではないのだ。どういう運命の悪戯なのか、理由などわかるわけもない。ただ、人と違う力が与えられたなら、それを使う使命も同時に与えられたのではないかと思う。だったら、どんなに幸平が反対してもやるべきことはやらなければならない。

そう思ってから、小さく首を横に振った貴文が自嘲《じちょう》的な笑みを漏らす。本当は世のため人のためという建前以前に、大瀧がまたここへくればいいと思っているだけかもしれない。個人的な欲望に満ちた身勝手なわがままを恥じて溜息をついた。

(なんか、そんな歌舞伎や文楽の演目があったよな……)

理系の貴文だからあまり文学には詳しくないが、恋しい人に会いたいあまり火つけをして罪の問われた、「八百屋お七」というあまりにも有名な話があった。

大瀧に会いたくて、また事件が起こればいいなんて思っていない。人の不幸を望むようなことは、天地神明に誓ってない。ただ、もし自分たちの関係がもう少し確かなもので繋がれていたならいいのにとは思う。

大瀧はどう思っているのかわからないけれど貴文は確かにそんなふうに思っていて、それが近頃自分の心を煩わせていること。けれど、諏訪にそんな相談をしたところで仕方がない。

貴文は今日もこの村で、いつくるともわからない大瀧を待ちながら、自分のやるべきことに励むばかりなのだ。

◆◆

「なんかさ、少し痩《や》せた?」

幸平にいきなり言われて、畑でしゃがみ込んでいた貴文は驚いて自分の手を頬に持っていこうとした。だが、汚れた軍手をはめているのを思い出し慌ててそれを取ってから手のひらで頬を撫でてみる。

貴文の場合、体重が落ちるとてきめんに顔に出る。寝不足が続いたり、ちょっと食欲が落ちただけでも頬から顎のラインがほっそりしてしまうので、周囲からの視線をごまかせないのだ。

だが、最近は特に体調不良ということもなく、睡眠や食欲もいつもと変わらない。だから、幸平にそういう指摘を受けて不思議な顔をしてみせた。

「そうかな。むしろ、普段より食べているけどね。ほら、今年は涼しくなるのが早かったから」

暑い夏は食欲が落ちるのは毎年のことだが、今年は秋の訪れが早かった分だけ体重が戻るのも早いと思っていた。ところが、幸平は畑の作業を手伝ってくれながら溜息交じりに言うのだ。

「なんか心配なんだよなぁ。貴文さんっていろいろと繊細なのに、何かあるとけっこう無理するだろう」

「そんなことないよ。自分ができる以上のことはしないようにしてるもの。頑張るのも大事だけど、体を壊すような本末転倒はするなって父さんに言われてきたからね」

「そういう親父さんだって、けっこう無理して早死にしちまったじゃないか。本当ならもっと長生きしてもよかっただろう。いまどき五十代なんて、超現役だっていうのにさ」

確かに、父親は五十二歳で亡くなった。病とはいえ若い死だったと思う。祖父母や母親もそうなのだが、父親の遺影を見ても何も語りかけてくることはない。短いとはいえ、自分のやるべきことはやったという納得ずくの人生だったのだろう。

ただ、薬剤師の仕事と畑の薬草作りで生計を立て、男手一つで貴文を育てて大学まで通わせてくれたのだから苦労は多かったと思う。苦労を苦労と口に出して言う人ではなかったが、きっと無理はしていたに違いない。

貴文とは一年違いでほぼ同じ時期に村を離れ、地方の大学に通っていた幸平だが、貴文のいない間の父親の様子は両親やお喋《しゃべ》り好きな村の老人たちから聞かされていたらしい。知らぬは貴文ばかりというようなことがこの村や父親に関してはけっこうあって、それを歳下の幸平から聞かされて驚くことも多々あるのだ。

「貴文さんも気をつけなよ。だいたい貴文さんの場合は親父さんと違って、その……」

言いかけた言葉を珍しく幸平が呑み込む。そういうときはだいたい何が言いたいのかわかる。要するに、父親と違って奇妙な能力がある分だけ、心や体に負担があるのではないかと案じてくれているのだ。

そのことについて、貴文はこれまで真剣に考えたことがなかった。幼少の頃にたった一度だけ事件を解決したが、その後はほとんど能力を封印している状態だったから。

日常的に目にする写真やテレビの映像、雑誌や本などに載っている写真からはほとんど何も伝わらない。よくよく見れば生死の判別がつく程度だ。貴文がメッセージを受け取ることができるのは、当人を直接写した写真からだけ。

だから、これまではよっぽどの偶然でもないかぎり、恐ろしい形相《ぎょうそう》で訴えてくる写真を目にすることもなかった。ごくまれにそんな写真を目にしたとしても、あえて見て見ぬふりをして深入りしないようにすればいいだけのことだった。

だが、この四年余り大瀧の依頼のままに霊視をしてきた。体力的にはそれほど負担は感じていないが、事件によっては精神的にきつい内容のものもあった。ものすごい恨みや無念さを残してこの世の去った人たちで、たいていは犯罪絡みで無慈悲に殺害されているのだ。写真はドス黒く滲《にじ》んでいくばかりか悲惨な死に様で訴えてくる人もいて、それを直視して話を聞くのは辛くないわけがない。

けれど、大瀧はしょっちゅうやってくるわけではない。だから、能力を使っていることと自分の体調に特別な因果関係はないだろうと思っていた。

それに、きついというのなら自分よりそれを解決するために行動している大瀧のほうがずっと大変だと思う。刑事という職業はテレビや映画で見ている分にはいいが、現実には辛いことばかりだろう。本当の意味で正義感と使命感を持った人間にしか務まらない仕事だと思う。

貴文が畑仕事の手を止めてぼんやりと大瀧のことを考えていると、横で薬草の周囲に生えている雑草を抜きながら幸平が言う。

「それに、最近ぼんやりしていることが多くない？　なんかさ、貴文さんってちょっと浮世離れしたところがあるから、霞《かすみ》みたいある日突然消えちゃいそうで不安になるよ」

「何、それ。森の中に住む仙人じゃあるまいし」

思わず噴き出してしまったら、幸平が子どものようにぷっと頬を膨らませる。

「本当に心配してんだって。漢方薬や薬草を作っていて、自分が病気とかしてたら駄目だからな」

老舗旅館のしっかり者の跡継ぎの顔から、学生時代のやんちゃな後輩の顔になって言う。それは子どもの頃から見慣れた顔で、なんだかホッとした。

「うんうん。そうだよね」

食欲もあるし眠れてもいるが、もともとけっして体力のあるほうではないのだ。小さい頃はよく熱を出して、そのたびに母親をひどく心配させていたと父親も言っていた。中学、高校時代も運動部で活躍していた諏訪や幸平とは違い、割り当てられた図書係をやっていただけで体を鍛えるようなことは何もしてこなかった。

成長とともに体力がついて、薬学の勉強とともに自分の健康管理に気遣うようになり、今はすっかり元気になっていると思っていた。それでも、幸平にしてみればちょっとひ弱な先輩という印象は、今も変わっていないのだろう。そして、そういう心遣いができるのは、やっぱり幸平の心根が優しい証拠だ。どんなに激しい気性でも、いつでも誰かのことを案じている。いい大人で、いい男になったものだと思う。

「幸平はいい子だよね。昔から僕が重い荷物とか持っていたら、いつも助けてくれたしね」

しみじみと言うと、貴文は横でしゃがんでいる彼の頭を手のひらで優しく撫でてやる。すると、幸平はからかわれていると思ったのか、その手を慌てて払いのける。けれど、貴文が怪我をしないように力加減をしているのがわかった。

諏訪ほど大柄ではないが、男にしては華奢《きゃしゃ》な貴文に比べれば幸平も長身だし二の腕なども太くたくましい。それでも後輩だということで、なんとなく庇護《ひご》欲のような気持ちがある。

もっとも、そんなことを言われたら幸平は心外だろうが、事実だから仕方がない。

「絶対にあんな能力とか、使わないほうがいいに決まってるんだ。人に見えないものを見て、人が聞こえない声を聞けば、その分だけ貴文さんの魂が磨《す》り減っちまうんだからさ。そういうものは秘密にしておいたほうがいいんだよ」

そのとき、貴文はハッとしたように幸平の顔を見つめる。それは父親が幼少の頃に自分に言い聞かせていた言葉と同じだったから。

諏訪は単純に貴文の能力がすごいといい、それが人のためになるならそれはいいことだと思っている。だが、幸平は貴文が能力を使うことで自分の魂を削《けず》っていると考えているようだ。どうしてそう思ったのかわからないが、彼はいろいろと知恵が回るしカンの鋭いところもある。

ただ、父親は貴文が自分でちゃんと生きていけるようになるまでは秘密にしておいたほうがいいと言ったのだ。「魂を削る云々《うんぬん》」は子どもの貴文が面白がって力をひけらかすことのないよう、脅かして釘《くぎ》を刺しただけだと思っている。

「人と違うことで自分でも悩んだこともあるよ。でも、捜査に協力したからといってどうということもないと思う。体力がないのは前からだし、能力とは関係ないから。それに困っている人がいれば、やっぱり見て見ぬふりはできないだろう」

「だからって、何もあの男にだけ特別に力を貸してやる必要もないじゃないか」

諭すように言った貴文に対して、憤慨したように言い返す幸平は畑の真ん中で立ち上がる。そして、自分の腰に手を当てて背筋を後ろへと仰け反らせていた。貴文も隣で立ち上がると、自分の拳《こぶし》で腰をポンポンと叩きながら言う。

「不特定多数の人を助けることはできないからね。行方不明の人を捜していると次から次へと押し寄せてきたら、それこそ体が持たないよ。本職はあくまでも薬剤師と薬草作りなんだから」

「そりゃ、そうだろうけど。あいつは貴文さんに協力させて、結局は自分の手柄として警察でポイントを稼いでいるだけじゃないか」

幸平が貴文の心配をしているのは本当だが、やっぱり大瀧という男が好きではないのだろう。相性が悪いとか、なんとなく気に喰わないという相手はいるもので、きっと幸平にとって大瀧はそういう存在なのだと思った。だから、貴文はできるだけ一般論として捜査への協力の意味を説明した。

「べつに誰の手柄になってもいいじゃない。僕一人の力じゃたいしたことはできないし、そんなにたくさんの人を救うこともできない。でも、刑事である彼が犯罪者を取り締まってくれれば、大きな意味での犯罪の抑止になるだろうしね」

貴文の言葉を聞いて黙り込んだものの、幸平はまだ納得できないでいる表情だ。貴文はそんな幸平に収穫したばかり薬草の籠の一つを渡して笑う。これ以上この件で言い合うのは不毛だと思った。

「さぁて、今日はこのくらいにしておこうか。どうする？　夕飯食べていく？　たいしたもんはないけど、昼に干しエノキと山菜で炊き込みご飯をしかけておいたんだ」

干しエノキはこの時期ならではのもので、日干しした分栄養がたっぷりな食材だ。だが、幸平はちょっと考えてから小さく首を横に振った。

「貴文さんの炊き込みご飯食べていきたいけど、今日は客が多いから夕食の配膳の手伝いをしないとな。薬膳料理の説明もして回らなきゃならないし」

高嶋屋旅館の薬膳料理は幸平が推奨して、両親を説得して始めたことだ。幸い客に受けて、今ではすっかり高嶋屋旅館の看板になっている。なので、女将《おかみ》と調理長、そして幸平が客のところへ挨拶しながら回って、今夜のお品書きの説明をしなければならないのだ。

「そうか。じゃ、また今度ね」

幸平は籠を軽トラックに乗せると、いつもどおり帳面に数量を書き込んでから控えのメモを貴文に渡してくれる。それを受け取って、トラックに乗り込む幸平を見送りながら、窓から片手を振る彼に言った。

「大瀧さんの件は心配しないで。どうせそんなにしょっちゅうくるわけじゃない。本当に困ったときしかこない人だから」

畑仕事を手伝いながらずっと大瀧のことをあれこれ文句を言っていた彼も、ようやく笑顔を見せる。

「また手伝いにくるよ。そのときは夕飯食べさせてもらうね」

「いいよ。リクエストがあれば先にメールしなよ」

「イタリアンがいいな。でも、炊き込みご飯も冷凍しておいてよ。今度食べさせてもらうから」

「欲張りだな」

「まだ育ち盛りなんだよ」

二十八にもなって何を言っているんだと、車の窓から顔を出す幸平の額を指先で突《つっ》いてやる。

「さっさと嫁さんもらって、美味《おい》しいものを作ってもらいなよ。おじさんとおばさんも安心させてあげないと……」

貴文が言い終わらないうちに、せっかく笑った幸平がまたぷいっとそっぽを向いた。

「当分ないね。結婚なんか興味ないしね」

「また、そんな子どもみたいなことを言ってる」

両親からも早く落ち着けと迫られていて鬱陶しいと思っているのか、結婚の話になると途端に駄々っ子のような態度になる。そして、自分のことはいいとばかり貴文に話を振ってくる。

「だったら、貴文さんはどうなのさ?」

それを聞かれたら貴文も苦笑を漏らすしかない。幸平や他の村の誰にも言っていないけれど、性的指向の問題があるからそれは無理なのだ。だが、ちゃんと表向きの理由もある。

「だって、僕は無理だよ。しがない田舎薬局の薬剤師だよ。今となっては天涯孤独の身だし、うちにきてくれる奇特な女の人はいないよ」

自虐《じぎゃく》的になっているわけではなく、現実にそのとおりだろう。出会いのないまま年齢を重ねてしまったというい訳がこの村でなら通用するのが、むしろ貴文には好都合だった。

すると、一度は拗ねたような顔になった幸平がまた笑顔に戻る。子どもの頃からコロコロと感情とともに表情が変わる。そういうところが普段どんなに生意気でも可愛いと思うところだ。

「じゃさ、俺が貴文さんのことは責任もって面倒見るから、心配しなくていいよ」

「何言ってんの。いい加減旅館の跡取りの自覚を持ちなよね」

「持ってるって。薬草作ってくれる年上の女房がいるってことだよ」

貴文の性的指向も知らないくせに、そんな冗談を言って得意気に帰っていった。一人夕暮れの畑に残されて、自分が生まれたときから変わることのない景色を眺めながら思う。

この土地が好きだ。たまたまここに生まれてきたけれど、自分にとってはいいところだと思う。諏訪のように東京に出たことはない。だから、大瀧が普段暮らしている街を貴文は知らない。ただ、テレビや映像で見ているような人の溢《あふ》れる場所にいたら、きっと自分の神経は持たないと思う。

この先も都会に出て行くことなどない。自分はずっとこの村で、東京からやってくる大瀧を待っているだけだ。そして、なんらかの理由で彼が貴文の力を頼らなくなる日がきたら、そのときは彼との関係も終ってしまうだろう。

(それでも、この先もここでずっと生きていくだけだもの……)

そう心の中で呟きながら、秋の夕暮れの空を見上げる。茜色に染まる雲を見ながら、幸平が言った言葉をボソリと自分でも呟いてみる。

「魂が磨り減るか……」

そんなことはないはずだ。それよりも、彼がいつかここへこなくなる日のことを案じている自分がいて、むしろそのことを考えるとちょっと気持ちが沈みがちになる。

心配してくれている幸平には申し訳ないが、こうして一人で畑仕事を終えて家に戻るときも、ふと道の向こうから大瀧の白いセダンがやってこないだろうかと思ってしまう。でも、何か事件がなければ彼がここへやってくることはない。

けっして事件が起きてほしいわけではないのだ。犯罪で命を落とした人の言葉を聞くのは貴文だって辛いのだから。写真の映像は恨みを込めて切実に訴えてくる。おどろおどろしい形相になっている者もいるし、悔しさと悲しさに泣き叫んでいる者もいる。

何よりも辛いのは、殺害の状況をこと細かに語られるときだ。そんな彼らの悲愴《ひそう》な絶叫を聞けば、貴文の心も同じように痛む。その都度父親の言っていたように能力のことは忘れて、心穏やかに生きていくべきだったと思うこともある。

でも、大瀧に協力すると自分自身で決めた。幸平が案じるように大瀧に利用されているつもりもないし、彼を紹介した諏訪を恨む気持ちなど微塵《みじん》もない。

(だから、これでいい。これでいいんだ……)

貴文は農具を片付けたあと、幸平が買い取っていったあとに残った薬草をまとめて倉庫の棚に置いた。冷蔵しておいたほうがいいものはビニール袋に小分けして、倉庫内の小型の冷蔵庫に入れておく。

お茶としてブレンドしたり料理に使えるように、薬局の仕事の合間に乾燥させて煎じておき、ほしいという人がいれば分けてあげる。高嶋屋旅館には買ってもらっているが、村の人からは金をもらうことはない。あくまでも趣味の菜園のつもりでやっていることなのだ。

今日も一日、薬局と畑の仕事を終えて、倉庫から母屋に戻ろうとしたときだった。一瞬、ふっと目の前が暗くなって眩暈《めまい》がした。

慌てて倉庫の壁に手をついたので倒れることはなかったが、すぐにはおさまらずその場でゆっくりとしゃがみ込んだ。心配させたくはなくて幸平には嘘を言った。少し痩せたのは本当だ。食欲が落ちたわけでもないし、体調が悪いという意識もなかったから、少しくらい体重が落ちても気にはしていなかっただけ。だが、いきなりの眩暈には少し焦った。

診療所の医師の児玉に相談にいってみたほうがいいだろうか。そう思ったが、しばらくそこでじっと座っていたら頭も視界もはっきりとしてきた。

季節の変わり目には特別な理由もなく体調を崩《くず》すことはある。それに、すっかり秋めいてきた頃に夏の疲れが出る人というのもいる。比較的涼しく湿度の低いこの地域だが、今年の夏はずいぶんと気温が上がる日もあった。慣れない暑さは確かに体にこたえた。そして、これからの晩秋から初冬にかけては雨の日が増える。

東京からは高速道路を使い、車を飛ばせば三時間ほどだが、東北エリアに寄り添った位置にあるこのあたりは日本の中でも気候が少々変わっている。梅雨時はそれほど雨が多いわけでもなく、夏は比較的空気が乾燥していて涼しい。

なのに、一年を通しての雨量はけっして少なくなく、夜から明け方に雨が集中して降ることが多い。また、晩秋に入ってからしばらくは思いがけない豪雨があったりするのだ。

雨による災害は先祖代々言い伝えられてきていて、舗装された道路や山々の間を繋ぐトンネルができても人々は警戒を怠らないのがこの村だ。だから、大瀧の言う「遣らずの雨」もここらでは珍しいことではなく、けっして貴文の思いゆえのことではないのだ。

眩暈がおさまって母屋に戻ると、ちょうど雨が降り出していた。雨音を聞きながら一人で夕食を摂り、風呂に入って家の戸締りをする。鍵などかけなくても人も訪ねてこないだろう。ましてこんな雨の夜に訪れる者などいるはずもない。

現代から取り残されたような村の夜、今夜は雨音だけが響いている。いつものように明日の午前中まで降り続くかもしれないが、午後にはすっかり晴れ上がるのもこの地域の特徴だ。

貴文は畑仕事のあとの眩暈のこともあり、その夜はいつもよりも早めに寝床に入った。よく眠って、きちんと食べて、心穏やかに過ごせば体調も体重もきっとすぐに戻るはず。そのときは特に気に病むこともなく、本気でそう思っていた貴文だった。

「べつにどこも悪くないけどなぁ」

そう言いながら、児玉が一昨日採血した検査報告書を差し出してきた。それを受け取って見ながら貴文も頷く。

「そうですよね。自分でもべつにどこが悪いって感じでもないんですけど……」

ただ、近頃は疲れやすくて眩暈がよく起きる。幸平に痩せたんじゃないかと言われてから十日ほどが過ぎて、体調はよくなるどころかどうにも具合が悪い。原因もわからず、さすがに自分でも心配になって診療所で二日前に血液検査をしてもらい、その結果を聞きにきたところだった。

だが、結果はどの項目も異常なしだ。あとは症状から疑うとすればメニエール病だろうと言われたが、耳はちゃんと聞こえていて耳閉感もないし、足踏みや目振検査でも問題はなかった。

「なんなら一度市立病院で検査してもらってくるか？　紹介状ならいつでも書くけどどうする？」

検査のための設備が整っている市立病院は、村から車で一時間ほどのところにある。薬局を半日ほど休めば行って検査を受けてくることができるが、血液検査の結果でとりあえず安心はできた。なので、今回は紹介状も必要ないと断わっておいた。

「とりあえず、もう少し様子を見ますよ」

「じゃ、ビタミン剤でも出しておくか？」

「それもいいです。漢方のほうが飲み慣れているので」

「そうか。で、こういうときは何が効くんだ？」

児玉は首にかけていた聴診器を外し、興味深そうに訊いてくる。この村では医者の児玉を頼りにするのと同じくらい、薬草茶や漢方で健康維持をしている者が多いのだ。それは西洋医学を学んだ児玉自身も同じだった。

「そうですね。ブクリョウとかビャクジュツあたりかな。あとは桂皮に甘草ですね」

ブクリョウはキノコのサルノコシカケ科の菌で、ビャクジュツはキク科のオケラという植物だ。

「霞み目にいいのはあるかな？　最近目が疲れやすくてなぁ」

児玉が目頭を自分の指でつまんでいるので、貴文が検査報告書をたたんでシャツの胸ポケットに入れながら言う。

「それなら菊花茶がいいですよ。明日にでも持ってきますよ。去年作ったのがまだ残っているから」

「あっ、そう。悪いね」

「それより、また釣りですか？　そろそろ川辺も冷えるでしょう」

貴文が今日の最後の患者だったので、児玉は白衣を脱いでハンガーにかけながらいそいそと診察室の片隅に並べている釣竿《つりざお》を選んでいる。

「秋は大物釣りの季節だからなぁ。難しいけど、何かでかいのを一匹釣っておかないとな」

そして、春を待ちながら長い冬の間中、その釣果を自慢して過ごすつもりなのだろう。

「夕方からは雨がくるかもしれないから、くれぐれも気をつけてくださいね」

川辺の岩場は雨で濡れると滑りやすい。川に落ちたりして村で唯一の医者が風邪で寝込まれては困るし、場所によっては流れが急で深いところもあるので危険なのだ。

「そっちこそ、村の貴重な若者で唯一の薬剤師なんだ。しばらく様子を見ても治らないようなら、ちゃんと検査を受けにいくんだぞ」

お互い村にとってはそれなりに必要とされている人間なので、無理も無茶もしないようにと釘を刺し合う。それから、誰もいなくなった待合室に戻ると、そこではまだテレビがついたままだった。貴文が消しておこうとしたとき、ちょうど午後のワイドショーの時間帯で、なにやら気難しい顔をした司会の男性がレポーターに呼びかけている。

何か大きな事件でも起きたのだろうかと画面を見ていると、都内の閑静な住宅街の道に黄色の規制テープが貼られていて、その前でレポーターが説明している。

『これまでにも同じような事件が二件起こっています。わずか一週間の間に三件目が起こったということで、人々の間で大きな不安が広がっています』

その事件は貴文もニュースで見て知っていた。一週間前に人通りの少ない住宅街で、白昼に通り魔事件が起きたのだ。背後からいきなり刃物で刺して、そのまま逃走してしまう。目撃者もほとんどおらず、被害者はその場で倒れて犯人の姿をはっきりと認識できないまま、通行人に発見されて救急搬送された。

一人目の被害者は三十代の主婦で、幸い命だけは取りとめた。二人目は女子大生で、彼女は残念ながら刺された場所が悪くて病院に搬送されたときはすでに亡くなっていた。

そして今日の昼前、三件目の事件が起きたらしい。今回もまた人通りの少ない場所で、ジョギング中の若い女性が刺されたそうだ。彼女は現在病院で治療中ということだが、予断を許さない容態とのことだった。

都会は次から次へと物騒な事件が起きる。もちろん、こんな小さな村でもその昔誘拐事件があって、人々が震え上がったことがある。どこにいても安全ということはないが、凶悪事件が起きるたび大瀧のことを思ってしまうのだ。

この事件を担当しているかもしれないし、他の凶悪犯を追っているかもしれない。いつでも犯罪を追い続けている彼が心穏やかに過ごすときはあるのだろうか。こんな長閑な場所にいて、日々入ってくるニュースに心を痛めてしまう。

以前はそれほど深く考えることもなかったのに、大瀧の存在を通して貴文もまた世の中の苦いものを呑み込んでいるような気持ちになっていた。辛いことではあるが、大瀧はもっと厳しい現実に直面して生きている。それを思うと、彼自身が選んだ道とはいえ疲れ傷つく姿を見るたびどうにかして癒してあげたいと思うし、そのためには自分の力を貸して事件が解決すればいいと思うのだ。

貴文が待合室のテレビを消して診療所を出ると、ちょうどそこに幸平の軽トラックが通りかかった。目敏く貴文を見つけた彼は車を停めて、窓を開けて声をかけてくる。

「貴文さん、どうしたの？　どっか具合悪いのか？」

ちょっと考えた貴文だが、そばまでいってそうじゃないと笑って片手を横に振ってみせた。

「児玉先生に頼まれていた菊花茶を届けにきただけ」

体調が悪くて血液検査を受けたなどと言えば、また心配させてしまう。どうせ検査の結果は異常がなかったのだから、これくらいの嘘はいいだろう。幸平はちょうど薬草を取りにくるところだったらしく、軽トラックの助手席に乗せてもらい歩いても十分程度の道のりを走る。

「悪いけど、今朝は何も摘んでなくてさ。冷蔵庫に保存してあるやつでよければ持っていってよ」

すぐに家の前に着いて、倉庫のそばで停めた軽トラックから降りようとしたとき、車のエンジンを止めた幸平がいきなり二の腕をつかんできた。そして、シャツの胸ポケットに差し込んであった紙を素早く抜き取ってしまう。

「あ……っ」

すぐに手を伸ばして取り返そうとしたが、幸平が片手で貴文を押さえたままそれを広げて見てしまう。

「なんで血液検査なんかしてんだ？　やっぱり体調が悪いんじゃないのか？」

「それは定期健診だよ。一年に一度の健康診断。役所から受診券が届いていたからね」

「本当にそれだけ？」

「本当だよ。それに、見ればわかるだろう。どこも異常なしだった」

貴文の言葉に幸平があらためて検査報告書を見ている。そして、すべての項目で基準値内だと確認すると、安堵の溜息とともに貴文にそれを返してくれた。

「もう、こういうのはルール違反だよ」

一応先輩として幸平の態度を叱《しか》ってみせる。だが、幸平は謝るのではなく貴文の手を引っ張って、自分の胸に抱き寄せようとする。驚いたが、狭い車の中で抵抗もできないまま彼の腕に抱き締められる。

「な、何やってんの？　幸平……？」

「よかった。でも、本当に心配なんだよ。貴文さん、絶対に痩せたし、顔色もよくない。もともと色白だけど、最近はなんか青白いからさ」

これ以上ごまかしたり嘘をついても仕方がないような気がした。それに、家族がいない貴文にとって、幸平や諏訪は誰よりも身近な存在だ。たまには甘えて悩みの一つも打ち明けてもいいのかもしれない。

「ごめん。ここのところちょっと眩暈が続いていたからさ。でも、児玉先生もべつに悪いところはないって言ってくれたし、多分季節の変わり目で夏の疲れが今頃出ているだけだと思う」

「だから、そういうことはちゃんと言ってくれよ。俺さ、本当に貴文さんのことは家族みたい思ってる。だから、何かあったら本当に困るし、一番に力になりたいから……」

そう言いながら貴文の体を抱き締めている幸平だが、ちょっと震えているのがわかって思わずその背中を手のひらで撫でてやった。子どもの頃はやんちゃで聞かん坊だった幸平なのに、すっかり大人になって人の心配をして、頼りになる言葉を口にする。

「うん、ありがとう。いつも感謝してるんだ。僕は身内との縁が薄かったけれど、幸平とか諏訪先輩とか友人関係には恵まれているって思うよ」

「友人……」

幸平がなぜかそう呟いたので、彼の顔を見て笑って頷いた。こんな過疎の村だから、同じ小学校や中学校を卒業した連中のほとんどが都会に出て仕事をしている。彼らが帰省するのは盆暮れくらいだ。それでも、諏訪や幸平のように村に戻ってきた者もいて、貴文にとっては大切な同胞であり同志のようなものだ。

「この村が好きだしどこへも行く気はないけど、もし諏訪先輩や幸平がいなかったらもっと寂しかったかなって思うよ」

貴文が言うとなぜか幸平の腕に力がこもり、さすがに苦しくなって少し身動《みじろ》ぎをした。

「駄目だっ。貴文さんはどこへも行っちゃ駄目だぞ。俺は貴文さんがいるから村に戻ってきたし、旅館も継いだんだからな」

「何言ってんの。旅館は継がなけりゃおじさんとおばさんが困るじゃないか」

そろそろ腕を離してくれと幸平の背中をポンポンと叩くと、少し抱き締める力を緩め貴文の顔をじっと見つめてくる。

「幸平……？」

何か言いたそうな表情を見て微《かす》かに首を傾《かし》げようとしたら、なぜか彼の唇が近づいてくる。貴文はまったく何も意識していなくてぼんやりとその唇と見つめていたが、やがてそれが自分の唇に重なるのではないだろうかと思った瞬間、ハッと我に返って身を引こうとした。

そのとき、道の向こうから砂利道の私道に入ってくる車の音がして、慌てて幸平の体を引き離しそちらのほうを見た。幸平もまた車の音に振り返り、軽トラックの窓から外を見ている。そして、それが東京ナンバーの白のセダンで、大瀧の車だとわかるとあからさまに舌打ちをする。

貴文はその車を見て急いで軽トラックの助手席から降りた。ほぼ同時に幸平も運転席から出てきて、白のセダンがすぐ近くに停まるのを見ている。そのとき、貴文は幸平に声をかけようとしたが、何をどう言えばいいのかわからず思わず口ごもる。

その合間に車から大瀧が降りてきて、そちらに向かって大股で歩み寄っていく幸平が険しい声をかける。

「おいっ。あんた、何しにきたんだよっ。また貴文さんのことを利用しにきたのかっ」

最初からケンカ腰の態度に、貴文が慌てて彼の腕を引いて止めようとする。車から降りてきたばかりの大瀧はいつもと違う雰囲気は察していたようだが、べつに動じる様子もなく淡々とした様子で貴文に視線を寄こした。そんな大瀧のそばに立った幸平が、一見細身のスーツ姿でも屈強さが見てとれる相手に怯《ひる》むことなく言う。

「自分の手柄のために貴文さんの能力を使うなよっ。あんたのせいで、貴文さんは体調を崩してんだぞっ」

「あっ、違う。違うから。それは関係ないからっ」

慌てて貴文が言うが、その言葉を聞いたとき大瀧が一瞬だけ片眉《かたまゆ》を持ち上げた。

「どういう意味だ?」

幸平のことは大瀧も知っている。諏訪の紹介でここへくるようになってから、貴文の家で何度か顔を合わせている。最初の頃は諏訪の友人だと紹介していて、幸平もそれほど目の敵《かたき》にしてはいなかった。だが、彼が貴文の能力を頼ってきていることを知ってからは、大瀧にたいしてあからさまに否定的な態度を取るようになった。

大瀧はそんな幸平の態度を気にすることもなく、貴文も二人が直接顔を合わせることのないよう気遣っていたので大きな問題は起きなかった。だが、今日は思いがけないタイミングでどうすることもできなかった。

「貴文の体調がどうだって？」

大瀧は自分を睨み上げてくる幸平に、あくまでも冷静な態度と声で訊いた。どんな剣幕で迫っていっても動じることのない大瀧に少し怯んだ幸平だったが、すぐにいつもの強気を取り戻して怒鳴った。

「だから、あんたのせいで貴文さんは自分の命を削ってるってことだよっ。まったく、鈍い奴だな。いい加減気づいて、人の力に頼るのはやめろよな」

「幸平、そうじゃない。違うから……」

「おい、本当にそうなのか？」

さすがに大瀧も心配しながら貴文に問いかけるが、幸平がやっぱり強気で代わりに答えてしまう。

「だから、本当だよ。見てわからないのかよ。体重は落ちてるし、顔色は悪いし、このままだとヤバイことになるってわかるだろっ？」

「貴文、本当か？」

大瀧はそんな幸平の言葉に貴文の顔を凝視する。そして、片手を伸ばして頬に触れてこようとする。だが、その手を力一杯振り払ったのはすぐそばに立っていた幸平だ。

「さっきから何呼び捨てにしてんだよ。あんた諏訪先輩の友達で、貴文さんとはなんでもないんだろう。馴《な》れ馴れしいんだよ、余所《よそ》もんのくせにっ」

睨み合う二人をどうやって宥《なだ》めればいいのかわからずうろたえるばかり。そのとき、タイミングの悪いことにまたいつものあの眩暈が貴文を襲った。

（えっ、あっ、ああ……っ）

目の前が真っ暗になり倒れると思った瞬間、貴文は無意識に手を伸ばした。その手を誰かがつかんでくれた。幸平だったのか大瀧だったのかわからない。ただ、頭のずっと上のほうから貴文の名前を呼ぶ声が聞こえて、その声のほうへと顔を向けようとするのにできない歯がゆさに無駄にもがくばかり。

だが、やがてそれも力尽きて貴文は全身から力を抜いた。それと同時に、小船に乗せられ波間を揺れている感覚さえも薄れていく。そんな貴文の耳元で心配そうな声がしている。

（貴文さん、しっかりして……っ）

（おい、大丈夫かっ？　貴文、貴文……っ）

目を開けて二人に言いたいことがあるのに、このときの貴文はあまりの体の重さに耐えかねて、そのまま深い暗闇に引きずり込まれてしまうのだった。

◆◆

「もうやめよう……」

それは大瀧のいきなりの言葉だった。

「どういうことですか？」

シャワーを浴びてきたばかりの貴文はキッチンに立ち、ダイニングテーブルに座って深刻な顔をして呟いた大瀧に訊いた。

「おまえの体調のことだ。この間きたときも少し痩せたんじゃないかと思ったんだが、何も訊かないままで帰ってしまった。もっと気にかけておくべきだった。だから、これ以上協力を頼むわけにはいかない」

「だって、犯罪者を捕まえて法のもとで裁くんじゃないんですか？」

貴文は電気ポットの湯をマグカップにそそぎ、その中に乾燥させたオレンジ色のクコの実を十個ばかり入れる。体力が弱っているときの滋養強壮剤としてはクコが効果的だ。美味しくはないが、体は温まるし今の貴文には必要なものだ。

本当は捜査で疲れが溜まっているだろう大瀧にも同じものを飲ませたいが、彼はこの味が苦手らしく味付けの濃い炒め物などに入っているときにしか口にしない。なので、彼にはいつものようにコーヒーを淹れて出した。

「動き回っていて大丈夫なのか？　眩暈は……」

「平気です。本当にたいしたことないんです」

そう言って、幸平にも見せた血液検査の報告書をダイニングテーブルに座っている大瀧に差し出す。

「ほら、全然問題ないでしょう」

パジャマにカーディガンを羽織っている貴文は、洗ったばかりの髪を首にかけていたバスタオルで拭《ふ》きながら自分の身に起きたことを思い出していた。

家の前の駐車場代わりになっている空き地で、大瀧に対していきなり喧嘩腰になって突っかかっていった幸平を止めようとしていて眩暈を起こしたのだ。だが、今回はいつもとは違いそのまま意識を失い倒れてしまった。

幸い、二人がほぼ同時に体を支えてくれて、地面に倒れ込むことはなかったようだ。その後部屋に運んでベッドに寝かせてもらい、目覚めたときは大瀧がそばにいて心配そうに貴文のことをのぞき込んでいた。

そこへ駆け込んできたのが、川釣りをしていた児玉を引っ張ってきた幸平だった。児玉は気がついた貴文に簡単な問診をし、脈と血圧を測ってとりあえずは貧血だろうと診断した。

それから、すぐにでも紹介状は書いておくから、できるだけ早く市立病院へ検査にいくように言って帰っていった。

幸平も旅館の夕食の配膳の手伝いなどがあり、後ろ髪を引かれるようにしながらも貴文に背中を押される格好で戻っていった。

夕食は医師の児玉の奥さんが大瀧の分も一緒に持ってきてくれた。手間をかけてしまい恐縮だったが、今日は甘えさせてもらいさっき食事を終えてシャワーを浴びたところだ。シャワーを浴びている間に、食事の後片付けは大瀧がやってくれていた。客にそんなことをさせるのは申し訳なかったが、彼も一人暮らしは長いようで案外手際がよさそうだったのでこちらも甘えておくことにした。

こうして落ち着いてみればどうということもない。きっと児玉の言うように貧血だったのだろう。母親もそういうところがあって、食事を気遣い漢方薬も飲んでいた。

大瀧は渡された血液検査の報告書の数値を順番に確認している。べつに見られて恥ずかしくはないが、血液の検査報告書などは普段人に見せるようなものではない、極めてプライベートなものだ。それを幸平といい大瀧といいずいぶん熱心に見るものだから、なんだか少しばかり心地が悪い。

夜になって案の定雨が降り出したのか、大瀧と向き合うしんとした部屋の中で窓を打つ雨音だけが響いている。その音を聞きながらクコを入れた白湯《さゆ》を飲んでいると、やがて大瀧が小さく唸ってそれをテーブルに戻す。

「そういうことですから。それに、児玉先生に紹介状をもらって検査も受けるようにしますし……」

貴文がマグカップを手に言うが、それを遮って大瀧がもう一度その言葉を口にした。

「やっぱり、もうやめたほうがいい」

それは、捜査協力としての霊視をやめるという意味だ。貴文本人が問題ないと言っているのに、どうして大瀧はそういう結論に固執するのだろう。貴文がそれを問う前に、大瀧がその理由を説明する。

「医者も特にどこが悪いとも思えないと言うし、血液検査の結果も見るかぎり良好だ。だとしたら、原因は肉体的な問題ではないんじゃないか？」

「えっ、それって……」

「つまり、俺の捜査に協力していることで精神的に何か大きな負担を感じている可能性もあるということだ。もしそうだとしたら……」

「それはないです。本当に……」

そう言ってから、自分が倒れて意識を失っている間に、彼が幸平といたことを思い出した。

「あの、もしかして幸平に何か言われました？」

大瀧は何も答えない。だが、答えないことが答えのようなものだった。なので、貴文は小さな溜息を漏らした。

「幸平は何か勘違いしているんです。本当に体調と捜査への協力は関係ない。そんなに辛ければ、自分から断わりますよ。それに、もう四年もやっているんですよ。それが体調不良の原因なら、とっくに影響が出ていたはずだと思います」

冷静に判断すれば大瀧もわかってくれると思う。だが、彼の意見は少し違った。

「確かに、おまえの言い分はわかる。だが、万に一つもそこに関連性があるなら、俺はこれ以上無理を強いることはできない」

「無理強いをされた覚えはありませんよ。これだけははっきり言っておきますけど、いやなら最初から引き受けていません。あなたにはわからないかもしれないけれど、僕には僕の考えがあって自分でやろうと思ったから協力してきただけです」

そのことはきちんと言っておかなければならないと思った。どんな理由が自分の中にあったとしても、それだけは間違いない。人に無理強いされて能力を使うような人間だと思われるのは心外だし、大瀧はけっして貴文にそれを強要したわけじゃない。

すると、彼はいつになく深刻な表情になりテーブルの上で組んだ手をじっと見つめる。そして、小さく首を横に振った。

「そうかもしれないが、こちらの都合ばかりでずいぶんと甘えてきたと思っているんだ。いまさらと言われればそうかもしれない。だが、いくら犯罪を取り締まるためとはいえ、正攻法とは言いがたい手段を使ってきたツケをおまえに払わせているとしたら、俺はとんでもないことをさせたということだ。だから……」

「だから、もう僕の協力は必要ないってことですか？」

「少なくとも、検査を受けて体調に問題がないとわかるまではな」

だが、貴文は納得できなかった。マグカップをテーブルに置くと、それを震える両手で握りながら言う。

「だって、検査の結果に問題がなければ、やっぱり精神的なことだとこじつけるんじゃないですか？」

「べつにこじつけるつもりはない」

「だったら……っ」

言いかけた言葉を貴文は呑み込んだ。このまま話をしたらひどく感情的になってしまいそうだった。そして、大瀧もしばらくコーヒーを飲みながら口を閉ざしていた。そうして、しばらくの間二人は沈黙の中で雨音だけを聞いていた。

「ここへきたんですから、何か厄介な事件を抱えているんでしょう？」

貴文が少し心を落ち着けて訊いてみた。大瀧はすぐには答えない。会っている回数はそう多くないが、四年のつき合いになる。大瀧という人間については、四年間同じ大学に通っていた諏訪ほどではないがわかっている部分もある。あるいは、体を重ねている分だけ、諏訪も知らない彼のことを知っていると思う。

大瀧という男はぶっきらぼうだが無愛想という印象はない。だが、肝心なことはあまり話さない。それは刑事という職業柄なのかもしれないが、会話をしていても自分から情報を出すことが少ない人間なのだ。けれど、今回はこういう事態になって、貴文のほうからはっきりとそれを問いただした。それに対して、大瀧の答えは頑なだった。

「言うつもりはない。今のおまえにそれは言えない」

「犯罪者を許せないと言っていたのに?」

それは挑発的な言葉だった。本音を言わないなら、無理やりにでも引き出してやりたくなっていた。一度は言葉を呑み込んで心を落ち着けようと思ったが、やっぱり口をついて出てしまう。大瀧は少し困ったようにこちらを見てから、ゆっくりと椅子《いす》から立ち上がった。

「今夜はこのまま帰る。明日はちゃんと検査を受けにいけよ」

そう言ったかと思うと、スーツのズボンのポケットに手を入れて車の鍵を出してくる。

「ちょ、ちょっと待ってくださいっ」

大瀧が帰るつもりだとわかって、貴文は慌てて自分も立ち上がり彼を追いかけようとした。だが、その途端また足がふらついて、ダイニングテーブルに手をついたまま倒れそうになる。それを見た大瀧が慌てて戻ってくると、すぐさま貴文の体を抱きかかえるようにしてリビングのソファへと連れていってくれる。

「本当に帰るつもりですか？　捜査のことは……」

「それどころじゃないだろう。まずは自分のことを考えろよ」

「だって、このままじゃ……」

貴文も納得できないし、大瀧だって困るはずだ。貴文が座ったソファのそばに膝をついた彼は、心配そうにこちらをうかがっている。このまま東京へと戻るつもりだったが、まだ体調の整わない貴文を一人で残していくのもどうかと思案しているのだろうか。そして、俯《うつむ》き加減の貴文の顔に垂れ下がる伸びた髪を、そっと撫でるようにして耳にかけてくれた。

「大丈夫か？　ベッドで横になったほうがいいんじゃないか？」

大瀧が心配そうにたずねる。そんな大瀧の顔を見つめているうちに、貴文は彼の首筋に両腕を回し、そのまま自分の体をあずけるように抱きついた。

「帰らないで……」

思わずそんな言葉が漏れてしまった。彼が自分の力を必要としなくなったら、もうこの村にやってくることもなくなる。大瀧の腕に抱かれることも二度となくなる。そのことを思っただけで、貴文は胸をかきむしりたくなるような思いを味わっていた。

「どうした？　そんなに具合が悪いのか？」

そうだと言えば、彼は貴文に捜査への協力を求めなくなるだろう。だが、そうじゃないと言えば、このまま貴文を寝室に連れていき帰ってしまうつもりなのだ。そのどちらも貴文が望んでいることではない。

なんて言えばこの人を引き止めておけるのだろう。貴文は懸命に考えながら彼の首筋にしがみついている。この心許ない気持ちは父親が逝ってしまったときにも似ている。一人になってしまう不安が貴文を包み込み、思わず呟いた。

「いやだ、今夜は帰らないで……」

父親が逝き一人で暮らしていくようになってから、寂しいという感覚がなかったといえば嘘になる。けれど、それも自分の人生なのだという覚悟と諦《あきら》めはできていた。だから、不満もなくここで生きていく自分をよしとしていた。けれど、大瀧がここへやってきて、彼と体を重ねその温もりを知ってからというもの、自分の中で小さな変化が生まれたのだ。

何も知らない頃には戻れない。気持ちも体もそう思っている。なのに、人とは違う能力さえ必要ないと言われたら、貴文には大瀧をこの場所と自分に繋ぎとめておく術《すべ》がわからない。だから、子どものように震えてしがみつくことしかできないのだ。

そんな貴文の体を抱き締めて、大瀧はゆっくりと立ち上がらせる。

「寝室へ行こう。横になったほうがいいだろう。とにかく、今夜はゆっくりと眠ればいい」

「そばにいてくれますか？　一人にして帰らないで、お願い……」

貴文がそれでも抱きついたままたずねると、大瀧は大きな手で背中を撫でて頷く。

「ああ、今夜はそばにいる。だから、心配するな」

その言葉に安堵して、貴文は大瀧に連れられて二階の寝室へ行く。ベッドに横たわると、いつものように彼の腕を引いてもっとそばにきてとねだる。さすがに体調の悪い貴文を抱く気にはなれないのか、彼は苦笑とともにその手を引き離そうとする。

「どうして……?」

理由はわかっているけれど、ついそんなふうに訊いてせつない目で彼を見上げる。大瀧は困ったように片手で自分の額を押さえている。いい歳の男が甘えるように手を握ってきても迷惑だと思っているのかもしれない。だが、彼は額の手を今度は貴文の頰に持ってきて、この一ヶ月ほどで少し細くなった輪郭を撫でながら言う。

「病人を抱けないだろう。今夜は下のソファで寝る。朝まではいるから、安心して眠るといい」

朝になったら幸平もくると言っていたし、諏訪にも連絡をしておくから心配ないと言われたが、そんなことを案じているわけじゃない。

「抱いてくれなくていいです。でも、ここにいて。一人はいやだ……」

そんな弱音を大瀧に聞かせるつもりはなかった。けれど、今夜はなんだかひどく心が弱っていて、自分を取り繕うこともできなかった。大瀧は少し考えてから、スーツのジャケットを脱いで近くの椅子の背もたれにかけた。だが、それ以上は脱ごうとはせずに、貴文のベッドの中に入ってくる。

シャツやズボンが皺になるのにと思ったが、それが今夜は抱かないという彼の意思を示すものなのだろう。それでもさっきより近くに彼の温もりがきて、貴文は安堵の吐息を漏らす。相変わらず雨音が窓を叩いている。普段は気にもしないその音がなんだか悲しげで、貴文は大瀧の腕を強くつかむ。すると、大瀧も少し体の位置を変えて貴文の肩に手を回してくる。

「大丈夫か？」

心配そうにたずねる声に、貴文が小さく頷く。そして、彼の顔を見上げて甘える子どものように言った。

「なんだか今夜は雨の音が気になるんです。ねぇ、何か話してくれませんか？」

「何かと言われてもな……」

「なんでもいいんです。事件のことでなくても、あなた自身のこととか」

自分のことを語るのは苦手なのは知っている。でも、今夜は彼の声を聞いていたい。案の定、大瀧は少し困った顔をしていたが、病人の頼みごとを無下《むげ》に断ることもできないと思ったのだろう。

「人に語って聞かせるほどおもしろおかしい人生じゃないがな。大学時代のこととかなら、諏訪から何か聞いてないか？」

「それなら少しばかり」

「悪口を言う男じゃないが、あいつは正直すぎるからな。どうせろくでもない話しか聞かされていないんだろう？」

「とりあえず、女性にはもてていたという話は聞きました」

「やれやれ、何を話してんだ、あいつは……」

照れるよりも苦笑を漏らしているのは、その先のことも聞いていると思ったからだろう。

大瀧の言うように、諏訪は人の悪口を吹聴するような人間ではないが、悪いと思っていないことは聞かれれば素直に答えてしまう。

大瀧の捜査の協力をするようになってから、諏訪に彼のことを聞いたのは一度や二度ではない。互いの共通の知人で友人となったのだから、何かにつけ話題に上るのは不自然なことではない。もちろん、貴文にしてみれば、好奇心もあった。

諏訪はあくまでも大学時代のことだと断わっていたが、当時からスポーツ万能で、正義感は強かったようだ。学業も真面目なほうで講義はきちんと受けていたが、ときには仲間と羽目を外すこともあったし、適当にバイトに励み恋愛もしていたどこにでもいる大学生だったという。

『あいついい男だからもてたんだよな。ただ、別れた女とつき合っている女が一度大学の構内ですごい修羅場をやったことがあって、あれは仲間内でも語り草になってたな』

諏訪にしてみればちょっとした大瀧の武勇伝だと思って語ったのだろうが、大瀧は自分の片手で顔を覆《おお》いながら溜息を漏らしている。まさかそんなことまで貴文に話して聞かせてい

ると は思っていなかったのだろう。

「諏訪の奴、よけいなことを……」

朴訥な印象の諏訪といるとその対比がより際立つが、大瀧は異国の血でも混じっているのかと思うほど彫りが深くて目鼻立ちがはっきりとしている。長身で鍛えられた体といい、女性が心奪われるのはよくわかる容貌をしているのだ。

なのに、彼にはどこか醒《さ》めたところがあって、どんな女の子とつき合っても長続きせず、自然消滅的に別れるのが常だったらしい。

仕事に追われているのも事実だろうが、結婚しない理由はおそらく大瀧の人生において恋愛がそれほど重きを占めていないからで、世の中にはそういう人間もいるんだろうと諏訪は話していた。

「本当にそうなんですか？」

貴文に問われて、大瀧が柄にもなく困惑しているのがわかる。なんでこんな話になっているんだと思っているのだろうが、諦めたように頷いてみせる。

「まぁ、そういうところはあると思う。自分でもよくわからんが、この歳になっても家庭を持つことが自分の中でイメージできないのは事実だ」

「どうして？　それって、もしかしてご両親を早くに亡くしたことと関係が……」

貴文が言いかけたとき、彼がちょっと驚いたように目を見開いたので内心しまったと口を閉じる。だが、遅かった。大瀧はそれも知っているのかと視線で問いかけてきたので、貴文は曖昧に頷くしかなかった。

「あの、詳しくは聞いていません。ただ、何かの犯罪に巻き込まれて亡くなったと聞きました。大瀧さんが刑事になったのも、ご両親のことがあったからなのかなって……」

しばらく黙っていた大瀧だが、やがて体を横にしてこちらを向いたので貴文も同じように彼のほうに向いて横になった。ベッドで向き合いながら、大瀧は少し遠い目をしてからゆっくりと話しはじめた。

「両親が亡くなったのは十二のときだった。あの日は父親が遅めの夏休みが取れて、家族三人で父方の祖父母の家に行くことになっていた」

大瀧の父親は大手薬品メーカーの研究所に勤務しており多忙な人物だったようだ。休日出勤も多く、母親も近所の歯科医院で受付の仕事をしていたため、家族揃って出かけるその日を少年だった大瀧は楽しみにしていたという。

祖父母の家までは車で三時間ばかり。遠出になるのでガソリンを入れて、ついでに洗車もしておこうということになり途中のガソリンスタンドに入ったとき、悲劇は起こったのだという。

車の準備が整うまでスタンドの敷地内にある建物の中で、飲み物を買ってテーブルに座って待っていたときのこと。母親が裏口を出たところにある化粧室を使おうとして席を立ち、そちらに向かった。

そのとき、いきなり裏口のドアが開いて一人の男が侵入してきたという。ガソリンスタンドの店員かと思って誰も気にもとめなかったが、その男を避けようとした母親がいきなりその場に倒れ込んだ。驚いて父親と一緒にそちらを見ると、建物に入ってきた男はガソリンスタンドの制服姿ではなく、手には刃物を持っていたのだ。

「一瞬、何が起こったのかわからなかった。俺は床に倒れ込んだ母親に駆け寄ろうとしたが、父親が背後から俺を抱え込むようにして止めたんだ。そのとき、苦悶の表情で倒れている母親の腹のあたりから流れ出る血を見た」

「えっ、そ、それって……」

建物の中には大瀧たちの他にもカップルや若い男性もいたという。しばし呆然《ぼうぜん》としていた彼らも、侵入者が持つ刃物に気づいたのか、悲鳴を上げて一気にドアへと駆けていく。その連中に向かって刃物を振りかざす男。

一番後からドアを出ようとしたカップルの女性が背中から刺されて倒れ、さらに現場はパニックになった。大瀧たち父子は倒れた母親を抱えて裏口から出ようとしたが、男が振り返り今度は大瀧の父親を狙《ねら》ってきた。

「父親は俺を突き飛ばして裏口から出したものの、自分は母親を抱えたままその場で刺されてしまったよ」

「いったい、何が起きていたんですか?」

楽しい家族での休日の始まりが、なぜそんな悲惨なことになってしまったのだろう。大瀧が十二歳頃といえば、貴文はまだ七歳になるかならないかだ。そんな事件が世間を騒がせた記憶もない。

「人の運命なんてのはどこに何が転がっているかわかったもんじゃない。刑事になっていくつもの事件にかかわってみれば、しみじみそう思うようになった」

犯人はそのガソリンスタンドの近所に住む男で、薬物中毒だったようだ。以前はこのガソリンスタンドでバイトをしていたこともあったが、勤務態度に問題があって一ヶ月以上も前にクビになっていたという。その後、職に就くこともなく、薬物でまともでなくなった状態で刃物を手にここへ飛び込んできたらしい。

ガソリンスタンドの店長の名前や同僚だった人物の名前を連呼しながら罵倒し、勝手のわかっていた建物の裏口から侵入して手当たり次第そこにいた客を刺したということだった。たまたま普段使うことのないガソリンスタンドにその時間に立ち寄ってしまったばかりに、大瀧一家は事件に巻き込まれた。両親を亡くし、自分だけは無事だったことを幸いというにはあまりにも悲しすぎる事件だった。

その後、彼は子どもがいなかった父親の兄夫婦に引き取られることになった。伯父夫婦の家ではよくしてもらったという。ただ、彼の心に刻まれた傷はあまりにも深かったのだろう。

「それで犯罪を取り締まる刑事になったんですか？」

諏訪もすべては知らなかったようだが、これほどまでに辛い過去を背負っているとは想像もしていなかった。貴文もわりと早くに両親を亡くした身だったので、自分と同じように考えてしまっていたことを反省した。だが、貴文の質問に大瀧はなぜか首を横に振った。

「刑事になったのは、自分でもよくわからん。表向きの理由は両親のことだとしておけばいいと思うが、実際はそうでもない。俺の中で納得のいかないものをどうにかしたいだけだ」

大瀧はその感覚を、歩いている道に落ちているゴミを不愉快に思い、拾ってゴミ箱に入れるのと似ているという。そして、それが刑事として正しいのかどうかはわからないと呟いた。

辛い昔話をしたせいもあると思うが、このときの大瀧はなんだかいつもの彼らしくなくどこか心許ない様子で貴文から視線を逸《そ》らしていた。

「大瀧さん……」

貴文は手を持ち上げて彼の短く切り揃えられた黒髪をそっと撫でた。いつも彼が情事のあとに貴文の髪を撫でてくれるように、今夜は自分が彼の髪を撫でた。それは、彼の弱っている心をどうにかして慰めてあげたいと思ったから。けれど、そんな貴文の態度を察した大瀧は照れ笑いとも苦笑いともつかない表情になりその手を握る。

「こんな話を聞かされたら、よけいに具合が悪くならないか？」

「そんなことないです。四年もお手伝いしてきて、あなたのことはまだあまり知らないから」

「そういえばそうだな。お互いあまりプライベートなことは話さないしな」

「それに、あなたはいつも翌朝には帰ってしまうもの」

そう言ってから、自分がひどく女々しいことを口にしていると気がついて気恥ずかしくなった。だが、大瀧はその言葉を深く受けとめなかったようで、今度は貴文のことをたずねる。

「前から一度聞いてみたかったんだが……」

何をだろうと貴文が首を傾げる。すると、大瀧は貴文の体を抱き寄せて言う。

「おまえの能力のことだ。いつからそんな不思議な力があるとわかったんだ？　何かきっかけがあったのか？　いやなら話さなくてもいいが……」

「そういえばちゃんと話していませんでしたっけ。べつに隠すほどのこともないですよ。子どもの頃に写真を見ていて気がついただけです。父親には人と違うことは秘密にしておいたほうがいいと言われたので、ずっとそうしていただけ」

だから、子どもの頃に一度警察の捜査に協力したきりで、それ以来は見えるものも見えない振りをして生きてきたと話した。

「人とは違うことで悩んだりはしなかったのか？」

「そりゃ、なかったと言えば嘘になります。でも、この村では誰も騒ぎ立てたりもしないし、そっとしておいてくれましたから。父親の遺言も普通に幸せになればいいでしたし、このまま ただの薬剤師として普通に生きていけばいいと思っていましたよ」

「それなのに、俺には協力してくれたのか?」

「言ったでしょう。諏訪先輩の紹介でしたし、それに……」

貴文はあらためてあのときの自分の複雑な気持ちを簡潔な言葉にして伝えた。

「もう子どもじゃないし、父親も逝ってしまったし、自分で考えた結果のことです。だから、何も無理はしていませんよ。それに、力を貸すのはあなただけだと決めていますから」

「どうしてだ?」

「それは、あなたが……」

きっと好きだから。そう言いそうになった。けれど、その言葉は言わないし言えない。言ってもどうしようもないことで、聞かされた大瀧も困るだけだ。自分たちは男同士で、何を約束できる関係でもない。大瀧は東京にいて、貴文はこの村で暮らしている。こうして捜査の協力をする以外に接点はないのが現実だ。

「それは、あなたが刑事だから」

ただ、じっとこちらを見ている大瀧に、貴文は微かに頬を緩めてみせる。すぐそばに大瀧の顔がある。本当に奇妙な関係だと思うのは、抱き合っているときよりもこういう瞬間だ。恋人同士でもないのに、こうして同じベッドで横になり体を密着させて会話をしている。

「霊視はできても、しょせん僕は村の薬剤師でしかない。亡くなった方の思いを知ったところで何もしてあげられないんです。けれど、あなたは刑事で犯罪者を取り締まることができる。でも、刑事だったら誰でもいいわけじゃないですよ」

もちろん、自分の趣味や性的指向で言っているのではなく、諏訪という自分が信頼している先輩の紹介であったことを今一度強調した。

「諏訪はいい後輩を持っているな。あいつの人徳ってことか」

「その諏訪先輩が、あなたはいい奴だって言うんです。だから、信用することにしました。実際、この四年あまりのつき合いで僕もそう思っています」

「自分ではあまりそうは思わないがな」

ちょっと自嘲気味に言うので、貴文がまた首を傾げてどうしてとたずねる。

「人が思っているほど正義感や使命感を持って刑事をやっているわけでもない。おまけに、事件解決に行き詰まればこうやって人の力を借りにくるしな。それに……」

「それに？」

「捜査協力者と協力関係を逸脱した行為をしている」

その言葉に貴文はもう一つ聞きたいことを思い出した。学生時代から女性にはもてたという大瀧だが、同性を抱くことに抵抗はなかったのだろうか？

貴文は大瀧の胸にそっと手のひらを寄せた。小さな欲情の火が自分の中で灯《とも》るのを感じている。思春期の頃から自分を性の欲望に惑わせてきたものが、今もずっと体の奥深くにくすぶっているのを感じる。

（そういえば……）

そのとき、貴文はあることに思い至った。大学を卒業して村に戻ってきてからも、たびたび夢の中で犯されてきた自分だった。父親には何も言えないままだったが、もうそれは貴文の生活の中では日常茶飯事となっていて、戸惑うこともなければ深く考えることもないものだった。

それが、大瀧がこの村にやってくるようになり、彼と体を重ねるようになってから、あの怪しげな夢を見ることがなくなっていた。単純に、現実で満たされるようになったことで、あんな夢を見ることもなくなったのだと思っていたが本当にそうなのだろうか。

「どうして僕を抱いたんですか？　やっぱり、捜査に協力が必要だったから……？」

自虐的な気はしたが、そうたずねるしかなかった。だが、大瀧は小さく肩を竦めたかと思うと、思いがけない答えを口にした。

「よくわからんが、女より抵抗がなかった」

「捜査に追われて、溜まっていたんじゃないんですか？」

ちょっと生々しいことを言ってしまったが、男同士のことだからそういう感覚はなんとなくわかる。けれど、大瀧はそれも違うと言う。

「そうだとしても、普通は男に飛びつかないだろう。おまえは何かが違う。性を感じさせないところがあって、そのくせ抱くと妙にしっくりとくる。なんだか不思議な存在なんだよ」

それは、火がつきかけた貴文の体を一気に燃え立たせるのに充分な言葉だった。

「大瀧さん……っ」

貴文は大瀧の首筋に抱きついた。大瀧はそんな貴文を抱き締めてくれたものの、いつもとは違って体調を気遣っているのか少し身を引いたままだった。

「ねぇ、抱いて。抱いてほしい……」

「駄目だろう。自分の体調を考えろ。これ以上無理はさせられない」

貴文はそうじゃないと首を横に振った。抱かれたいのに、彼がそばにいないことのほうが辛かったのだ。眩暈も体のだるさも理由はわからない。けれど、自分の中に渦巻く「飢え」だけははっきりとわかる。

「お願い。そうしてほしい。あなたのせいじゃない。全部僕が望んだことだから……」

大瀧には何も気に病んでほしくはない。捜査協力も抱かれるのも、彼は何一つ無理強いをしたことはないのだから。

「貴文……」

彼が名前を呼んでくれる。その瞬間、貴文の体にゾクリと震えが背筋を走り、欲望をこらえきれなくなる。

「大瀧さん……っ」

彼のワイシャツのボタンを性急に外し、その厚い胸に頬を寄せる。胸の突起に唇を寄せて、さらに彼を煽る。なりふり構わない姿を恥じるよりも、抑えきれない欲望が自分を突き動かしていた。

「おい、ちょっと待て。貴文……っ」

懸命に理性を保とうとする彼に自分の体を擦り寄せる。夢の中で抱かれてきた自分は、夢魔のするがままに体を開かれてきた。けれど、生身の大瀧の腕の中では自分の思いを伝えたいし、彼という男の隅々までを知って、この手で同じだけの快感を与えてあげたいという気持ちになるのだ。

「平気です。体のことは心配しないで。それよりも、このまま帰るなんてしないで。お願い、いつものように抱いて……」

切実な訴えだった。飢えたままでこの体を放置されたら、どうなってしまうのだろう。それこそ、自分を見失ってしまいそうなほど怖いことだった。

やっぱり、自分という人間は人とは違うのだ。奇妙な力を授けられた分だけ人とは違う性を背負っていて、それを現実の世界で満たしてくれるのが大瀧の存在だけなのだ。

彼を知らなければ、いっそこんな「飢え」を覚えることもなかっただろう。けれど、これも運命の悪戯《いたずら》なのか、貴文は大瀧という男と出会ってしまった。

出会って四年、体を重ねて三年。逃れる術もないままに、彼のことを思うようになっていた。こんなはずじゃなかったと何度も心の中で繰り返してきた。けれど、同じ心の中で貴文は気づいていたと思う。いつしか大瀧という存在が、自分の人生で避けることができない男になっていたことを。

「無理をさせたくないんだが……」

「無理じゃない。本当にほしいから」

そんな貴文の言葉に大瀧が折れた。二人は唇を重ねて、互いの口腔《こうこう》を貪り合う。それだけでも充分に高ぶるけれど、足りないと思う気持ちが止まらない。

「だって、ただ寂しいだけだもの……」

貴文の言ったその言葉に、大瀧がハッとしたようにこちら凝視する。寂しさを口にしたら駄目だと思っていた。それを言うのは、同情や憐憫《れんびん》で彼の心を繋ぎとめようとする姑息な行為だ。そんな憐《あわ》れみで抱かれても惨めになるだけだとわかっているのに、今夜の貴文はその気持ちを止めることができなかった。

「おまえは本当に不思議な奴だな。思いがけず大胆な言葉を口にするから、こういうことには慣れているのかと思っていた。なのに、抱いてみれば体は妙に初々《ういうい》しい反応を見せたりもする。どこか言葉と体がちぐはぐな感じだ」

「それって変ですか？　僕は他の人のことはわからないから。だって、他の誰かに抱かれたことなんかないから……」

「本当なのか？」

疑うというより驚愕《きょうがく》の視線でもって大瀧がこちらを見つめている。嘘などついても仕方がない。自分の拙《つたな》いセックスは最初からごまかしようもないとわかっている。だから、気恥ずかしさはあったが、黙って頷いた。

「貴文……っ」

大瀧が今一度貴文の名前を呼んだ。そして、彼の体が貴文に重なってくる。この重みとこの温もりが嬉しい。耳元で囁かれる体を労《いたわ》る言葉。彼と視線を合わせ唇に自分の指先を持っていけば、大瀧は貴文の白く細い指を舌先で弄ぶ。そんなところにまで性感帯はあるのだろうか。あるいは、大瀧の舌で触れられればどんな場所で感じてしまうのかもしれない。

この人とは、心のどこか奥深いところで何かが繋がっているような気がしている。貴文は写真を見て人の生死がわかるだけ。無念を残した人の思いを汲《く》み取ることができるだけ。けれど、そんな能力を頼る大瀧もまた、一般社会の中で浮いた存在には違いないだろう。

「僕がこんな能力を持っていて、それでも抱いてくれたのはあなたが初めてなんです」

すっかり心を弱くしている貴文が縋るように言う言葉に、大瀧はきっぱりと答える。

「俺がおまえを抱くのと、おまえの能力は関係ないぞ」

そうなのだろうか。でも、この力がなければ二人は出会うこともなかった。ましてこんな関係になることもなかっただろう。

大瀧の手や唇が、貴文の体のあちらこちらを触れる。そして、充分に貴文の高ぶりを確認したのち、その手はやがて後ろに窄まりへと伸びていくのだろう。貴文の体はそれを待ちきれないよう全身が綻んでいく。

窓の外ではまだ雨音が続いていて、なんだかさっきより一段と心細く寂しい気分になるのだった。

◆◆

「ああ……っ、んぁっ、もっと、もっと触って……。もっと胸も、ここも……」

大瀧はその夜も貴文を抱いた。ただ、少しだけいつもと違うのは、これ以上ないほど体を気遣いながら抱いていること。愛撫の手はもどかしいほどに優しく、貴文はもっと激しくしてほしいとねだってしまう。

淫らなことを口走っているとはわかっている。けれど、そうしないと大瀧が抱き締める手を離してしまう気がした。眩暈や体調不良の理由はわからない。それでも、大瀧がそばにいるなら抱かれたい。抱かれて、身も世もなく啼かされたい。

それほどにほしくて仕方がない。それほどに淫らな人間なのだから仕方がない。貴文が泣きたい気持ちで赤裸々に訴えると、大瀧が少し躊躇したのちに言葉で確認してくる。

「貴文、苦しくないか？」

「大丈夫。だから、やめないで。お願い、このままにしないで……」

少しでも苦しそうな顔をしたら、きっとこの人は自分の欲望を押し殺してしまうだろう。けれど、そんなことをされたら貴文は体ばかりか心まで寂しさで壊れてしまいそうになる。

切実な貴文の言葉に、大瀧は自らのシャツの前を開きズボンの前をくつろげる。充分に勃《ぼっ》起《き》しているそれを見て、貴文はベッドの上で体を起こし小さく安堵の吐息を漏らす。

「あの、触れていい？」

貴文が遠慮気味にたずねると、大瀧は少し口元を緩めて頷く。彼自身に触れるのが好きだ。熱く硬くなっているものに触れると、彼も同じ興奮を感じていると確認できるから。自分のものと同じ形でいて、自分のとはまるで違う。大きくて太くて硬いそれに手を伸ばし、ゆっくりと上下させる。

大瀧が微かに呻き、貴文はその声を呑み込みたくて唇を合わせていく。片手で彼自身を握り、片手で大瀧の首筋を撫でて、短い襟足《えりあし》の髪を指先で弄ぶ。すると、大瀧もまた貴文の股間に手を伸ばしてきて、そこを同じリズムで擦《こす》ってくる。唇を重ねながら二人して互いのものを刺激し合い、やがて大瀧が貴文にたずねる。

「後ろも大丈夫か？　そこまでやったら俺も止められないぞ」

「いいんです。いいから、そうして……」

貴文は両足を開いて自ら大瀧を招き寄せる。彼は体重をかけないよう気をつけながら、ベッドに横たわった貴文の体に覆い被さってくる。この温もりがほしくて仕方がなかった。前回抱かれて彼を玄関で見送ったその瞬間から、もうせつないほどにこの体は飢えていた。だから、彼の「止められなくなる」という言葉に心がまた淫らなさざなみを立てる。それは、興奮を理性では抑えられなくなるという意味だ。それくらい貴文にとって嬉しい言葉はない。


「辛かったら言ってくれよ」

止まらないと言いながらも、そうやって最後には自分が辛抱しようとする。この人は本当に身勝手になれることがあるのだろうか。自分の欲望のままに振舞うことがあるのだろうか。人は大人になるほどに周囲との軋轢《あつれき》を避けて、うまく生きていくようになるものだ。だが、その中でもひた隠した欲望はあるはず。貴文は大瀧のそんなむき出しの欲望を見てみたい。そんな欲望を自分にぶつけてきてもらいたい。

彼の心がどこにあるのかわからない。今夜は少し腹を割って話したものの、まだまだ互いについてはわからないことだらけの二人なのだ。それでも、体は正直だ。ほしければ高ぶりを隠すことはできない。

「んん……っ。んぁ……っ。お、大瀧さ……んっ」

彼の指が後ろをまさぐる。するほうもされるほうも慣れているはずなのに、いつもわずかなためらいが潜んでいる。それは、貴文の体調を気遣う今夜にかぎってのことではない。こうして抱き合っていても、やっぱり彼の心はわからない。そして、大瀧もまた貴文の気持ちを確認しようとはしない。

女性と恋愛をしたことがないから男女の関係というものはわからない。けれど、諏訪を見ていれば愛する人と一緒になって世間から認められ、子どもができて家庭を持つのが自然な形なのだと理解できる。きっと幸平もそのうち誰かいい人を見つけて落ち着くのだろう。

仕事に追われて恋愛や結婚をなおざりにしているという大瀧でさえ、東京でいつ誰と巡り会うかもわからないのだ。そう思うと、やっぱり一人なのは貴文だけだった。

「貴文、入れるぞ」

「きて、うんと奥まで入れて……っ」

短い確認の言葉とともに二人が一つになる。窄まりに押し込まれる圧迫感に小刻みな呼吸を繰り返し、痛みを逃しながらひたすら甘い刺激を追い求める。ずっと奥まできてくれたら、そこには貴文の不安を忘れさせてくれるほどの快感があるのだ。

いつもの潤滑剤を少し多めに使ったのもきっと貴文の体を気遣ってのこと。ただ、それだけ濡《ぬ》れた音が響くのが羞恥を煽るけれど、同時にさらなる興奮を引き起こしてもくれる。

やがて一番深いところまで届いたことを確認した大瀧は、一度動きを止めて貴文の顔をじっと見つめる。そして、この期に及んで労るように汗で額に張りついた前髪を撫で上げてくれる。

「本当に辛くないか？　無理をさせてないか？」

「ここでやめられたら、もっと辛いもの……」

貴文が泣き笑いのような表情で訴えた。すると、大瀧もちょっと苦笑いを浮かべて頷く。

「それは、俺も同じだ……」

そう言って、また一定のリズムで貴文の中に刺激を与えはじめる。もう痛みは消えていった。あるのは甘く淫らな快感だけだ。潤滑剤代わりの万能クリームの匂いは、今ではなんでもないときに使っても大瀧とのセックスを思い起こさせる。その都度一人で頬を火照《ほて》らせて、飢えた思いを持て余すことになるのだ。

そして、静かな部屋に響き渡る淫猥《いんわい》な音が、これ以上ないほど貴文の劣情《れつじょう》を煽っていた。生身の誰かに抱かれることのないままだった自分だけれど、性の目覚めはおそらく同年代の誰よりも早かったと思う。

ただし、夢の中で経験してきたことが現実になるとは、二十歳を越えてからも思っていなかった。それなのに、大瀧の手は強く貴文を抱き締めてきた。夢魔に嬲《なぶ》られ続けてきた体は夢精してもその快感はどこか曖昧で、不完全燃焼なものが体の奥底に残っていた。

けれど、大瀧は貴文の体の隅々まで、そして奥の奥までその温もりを伝えてくれる。指先も舌も唇も、確かな熱を持ってこの体を愛撫して、曖昧に乾いて飢えていた体を存分に満たしてくれる。

一生味わえることはないだろうと思っていたこの甘美な快感を、現実に知ってしまった。この人以外にこの体を貫いてくれる人はいないだろう。そう思うと、彼が貴文を必要としてくれる以上に自分が彼を欲していることにせつなさを覚えるのだ。

結合部の熱が貴文の意識を朦朧《もうろう》とさせる。たまらなくよくて、喘ぎ声だけがだらしなく口からこぼれ落ちる。それでも、一人だけ置いていかれないように懸命に大瀧の首筋にしがみつき、股間を彼の下腹に押しつける。

「ああ、いきそうだ……」

「僕も、僕も、もう……っ。あふぅ……っ」

呂律《ろれつ》の回らない口で言いかけたとき、彼の手が貴文の股間を握り一度その波をせき止めて二人のタイミングを合わせようとする。息を呑み込むようにして耐えていると、次の瞬間に解放がやってくる。

「ああっ、大瀧さんっ、あう……ぅ、ふんっ……んんぁっ」

貴文は声を上げてその瞬間を迎え、密着させた体をビクビクと痙攣《けいれん》させた。いつもよりも長く、いつもより激しい痙攣だった。快感がつま先から脳天まで駆け上がっていく時間が長くて、強く激しい快感に溺れて意識が遠のきそうだった。

それでも、けっして意識を手放さないように貴文は大きく呼吸をして、ゆっくりと片手を持ち上げ大瀧の二の腕をつかんだ。力のこもらない手でそのたくましい二の腕に指を立てる。

「ああ……、とてもよかった……」

気だるさに身を任せていると、大瀧が貴文の体を抱き寄せたまま言う。

「このまま少し眠るといい」

いつもならシャワーを浴びて着替えて眠るところだが、今夜はとてもそんな体力も気力もない。汚れたままの体で今にも眠りに落ちてしまいそうだった。でも、貴文は小さく首を横に振る。

「いやだ……。だって……」

だって、眠ってしまったら大瀧がこのまま帰ってしまうかもしれないから。だが、そんな貴文の不安を察したのか、大瀧は少し微笑んでみせる。

「心配するな。今夜はそばにいる。それに……」

言いかけた言葉を止めてベッドの横の窓にかかったカーテンを少し開いて外を見る。

「雨がずいぶんとひどくなってきた」

言われて耳を傾けてみれば、確かに雨音がかなり激しくなっている。それはまるで自分の気持ちを映し出しているようだった。もっともっと激しく降って、このまま大瀧がここにいるしかなくなればいいのに。

心の中でそう思っていることは口にはしない。ただ、その気持ちは大瀧に伝わっているのか、彼は貴文のそばに体を寄せて座る。そして、何も心配しなくていいというように、手のひらで優しく胸元を撫でてくれる。その温もりにようやく安堵したように、貴文は呼吸が整うとともに瞼を閉じるのだった。

翌朝はいつもの時間に目を覚ました。にもかかわらず、窓の外はまだ暗かった。秋とはいえ六時過ぎになれば少しは空も白んでくるはずなのに、この暗さは奇妙だった。そして、ベッドで横になったまま耳を澄ませばまだ雨音が聞こえていた。

貴文が体を起こそうとして、隣で大瀧がまだ眠っているのを見てホッと安堵の吐息を漏らす。約束どおり一晩一緒にいてくれた。貴文を残して帰らないでいてくれた。

もちろん、体調の悪い貴文を抱くだけ抱いてさっさと帰るような真似《まね》をする人ではないとは思っていたけれど、東京には事件が待っているのだ。どんな事件に携わっているのかはわからないが、貴文の力を借りないとなれば、一刻も早く捜査に戻りたいと思っているはずだ。

貴文はベッドから下りて、いつものように朝食の用意をしようと思った。彼が目覚めたらもう一度自分のほうから協力を申し出るつもりでいるが、受け入れてくれるかどうかはわからない。

ただ、体調は昨日よりいいような気がする。大瀧に抱かれて今朝は起き上がるのも難しいかと思っていたのに、案外体が軽いような気がする。

抱かれてすっきりしているなんて、なんだか自分がただの欲求不満だったようで恥ずかしい気持ちになった。でも、体調が戻ったことを告げれば、大瀧もこれまでどおり貴文の力を利用するかもしれない。そうすれば、彼はまたしばらくは自分に会いにこの村へきてくれる。

そんなことを思いながら貴文がベッドから足を床に下ろしたときだった。一瞬、動きを止めたのは奇妙な音がはるか遠くから響いてくるのが聞こえたから。

それは地響きのような音と、雷にも似たバキバキと空気を震わせるような音。どちらもまるで聞き慣れない音で、貴文が怯えから思わず自分の両手で自らを抱き締めたときだった。同じようにその妙な音に気がついたのか、大瀧がベッドで身を起こした。

「なんの音だ?」

目覚めた瞬間に、彼ははっきりとした声で聞いた。だが、貴文もわからないから首を横に振るしかない。それでも、二人して何か不穏な事態が起こっていると察して、素早くベッドから下りてそばにあったシャツを羽織ったときだった。

どんどん大きくなる地鳴りのような音がやがて轟音《ごうおん》となり、大瀧は咄嗟《とっさ》に貴文を抱き締め、貴文もまた大瀧の胸にしがみついた。地震のように家が震えるのを感じて、しばらくしてようやく音も振動もおさまった。そこで大瀧が窓のカーテンを開き外の様子を見ると言った。

「なんだかまずいことになっているようだ。ちょっと様子を見てくる」

「待って。一緒に行きます」

すぐさま身繕いをして二人が家の裏口から傘をさして外に出る。どしゃぶりで道が川のようになり、畑の薬草もかなり豪雨に浸っているものの、家の周辺は特に変わったことはない。だが、大瀧の車が停めてある道端まで出て、そこから二人して東の山を見上げたとき思わず驚愕して目を見開いてしまった。

山肌がごっそりと抉《えぐ》れていて、地滑りが起きていたのだ。さっき聞いた地響きは山が崩れ、途中の木々がなぎ倒される音だったのだ。

「ひどい……」

貴文は半ば呆然と呟いた。大瀧はすぐに家の周辺を確認して回る。このあたりは山から距離があり、畑を作れるくらいの平地が充分に広がっている。なので、ここが直接地滑りに呑み込まれることはないが、この状況では村のあちらこちらで被害が出ているかもしれない。

「とりあえず、家の周囲は大丈夫そうだな。ただし、雨で畑はかなりやられちまうだろうが……」

それは仕方がない。昨日の夕刻から雨は予測していたが、まさかここまで豪雨になるとは思わなかったのだ。昨今は気象庁の予想もできないような雨量になるときがある。この一帯はもともと秋には雨が多くなり、ときには梅雨《つゆ》の頃より雨が続くこともある。たいていは夜のうちに降って午前中に上がる雨なのだが、今回は雨雲が長く停滞しているようだ。

「とにかく、家に戻ろう」

大瀧に言われて、畑の様子を見ていた貴文も一緒に家へと戻る。傘などなんの役にも立たず、二人してずぶ濡れになってしまい慌てて風呂を溜める。昨夜は情事のあとそのまま眠ってしまったこともあり、とにかく何をするにしてもシャワーを浴びてからということになったのだ。

「先に入っていてください。その間に朝食の用意をして、村役場にも道路の状況を確認しておきますから」

貴文が言うと、大瀧がなぜか腕をつかんでくる。

「一緒に入るぞ。そのままじゃ風邪を引くだろう」

「えっ、で、でも……」

セックスはしていても、一緒に風呂に入るというのはさすがに照れくさい。貴文が躊躇していると、よりにもよってそのタイミングで雨に濡れたせいでくしゃみが出てしまった。

「ほら、さっさと入るぞ」

手を引かれて一緒に風呂に入り、貴文は気恥ずかしさから大急ぎで体や髪を洗う。洗い終わった髪はいつものようにゴムで一つに結わえ、丸めるようにして肩にかからないようにする。大瀧も同じように体を洗って短い髪を簡単に洗うと、二人して広くもない浴槽に一緒に浸かった。向き合って気恥ずかしさで俯いているしかない。

貴文一人ならそれほど狭くも感じない浴槽だが、大瀧と一緒だとどうしても体のどこかが触れ合ってしまう。昨夜は体中を密着させて淫らなことをしていたのに、今は脹脛や膝が湯の中で触れているだけでどうにも気持ちがそわそわとしてしまう。

畑や雨のことも心配だが、今はそんなことも考えられず湯船の中でのぼせそうになっている。すると、大瀧がなぜか小さく笑い声を立てた。

「前から不思議に思っていたんだが、どうしてベッドの中と外ではそんなに態度が違うんだ？」

「え……っ？　そ、そうですか？」

そんなつもりもないし、よくわからない。だから、視線を逸らしたまま黙っていると、大瀧の手が貴文の頬に触れてくる。ビクリと緊張して顔を上げると、彼が本気で不思議そうにたずねる。

「さんざんセックスしておいて、なんでそういう反応になるんだろうな？」

「なんでって言われても、自分でもよくわかりません。だって……」

「だって、なんだ？」

一緒に風呂に入るという珍しい機会に、大瀧はいつになく言葉が多い。言葉というより問いかけが執拗だ。そして、東京に早く戻りたくて焦っているはずなのに、なぜか穏やかな笑みまで浮かんでいる。そんな大瀧の顔をチラッと見て、貴文はなんだかからかわれているような気がしてきた。だから、少し拗ねたように唇を尖《とが》らせながらも問われたことに答える。

「だって、どんな顔をしたらいいかわからないんです。僕はあなたと違って恋愛経験もないし、田舎者だし、抱き合った人と普段どんな話をしたらいいのかとかもよくわからない」

「昨日の夜は、俺なりに少しは腹を割ったつもりだったんだがな」

「あっ、そ、それは……」

昨夜は大瀧の両親の話を聞かされた。それは大学時代の友人である諏訪もちゃんと聞いたことのない話だ。きっと大瀧にとっても辛い思い出で、けっして多くの人には話して聞かせていないはず。それに、貴文も自分の能力について父親の遺言まで大瀧に話してしまった。

二人の距離は少しは縮まったと思っていいのだろうか。それをうかがうように顔を持ち上げると、大瀧が貴文の肩に手をかけて湯の中で自分のほうへと引き寄せる。湯船に波が立って、貴文が彼の胸元へ顔を寄せる格好になった。

「大瀧さん……」

彼の顔を見上げて名前を呟いた。ほんの少し体を伸ばせば唇が触れ合いそうなくらい、互いの顔が近い。そして、胸や膝やいろんな部分があたっているのがなんだかくすぐったくて不思議な気分だ。生々しく抱き合っているよりも、こうしているほうが胸の奥がきゅっとつかまれるようにくすぐったい痛みを感じている。そして、彼の体のあちらこちらに残る傷痕が、湯で温まっていつもより赤味を増しているのがなんとも生々しくて、貴文の気持ちを妖しくかき立てた。

「体調はどうだ？　昨夜は無理をさせたんじゃないか？」

貴文は俯き加減で小さく首を横に振る。

「そんなことないです。それによく眠れたせいか、むしろ体調は悪くないような気がします」

「それならいいが、この雨じゃ市立病院に検査にも行けないだろうからな」

「そうですね。昼前には少しは雨の峠《とうげ》を越えればいいんですけど。大瀧さんも早く東京へ戻らないといけないんでしょう」

「それはそうなんだが……」

話しているとき脱衣場から電子音がして、それが貴文の携帯電話だとわかり慌てて湯から上がり風呂場を出る。さっき外の様子を見にいくときにズボンのポケットに入れていて、洋服を脱いだときそのままにしていた。

この豪雨のことで役場からの連絡かもしれないし、急に具合に悪くなった人が薬を必要としている可能性もある。貴文が慌ててタオルで体をくるみ電話に出ると、それは諏訪からだった。

『貴文か。村の東の山が崩れたんだが……』

「ええ、さっき外に出て様子を見てきました。うちの家の回りは問題なかったんですが、道路のほうはどうなってますか？　昨日、ちょうど大瀧さんがきていて、今から東京に戻るつもりでしょうから」

『えっ、大瀧がきてるのか？　まずいな。トンネルの出口が山崩れで塞がれてしまったんだ』

「そ、それ、本当ですかっ？」

そこまで話して、貴文はすぐにかけ直すと言って一度電話を切った。そして、急いで用意していた乾いた部屋着を身につける。そこへ大瀧も風呂から上がってきたので、彼にトンネルが塞がれてしまったことを伝えた。

大瀧も貴文が出しておいた大きいサイズのグレイのジャージーの上下を身につけると、すぐに自分の携帯電話を取りにいった。本来なら朝一に東京に戻るはずだったのに、それができなくなったことを伝えているのだろう。

彼が東京に連絡を入れている間に、貴文は諏訪に電話をかけなおして村の被害の状況を確認した。とりあえず今のところトンネルと東の山崩れ以外に大きな被害は出ていないという。だが、トンネルが塞がれてしまったのは大きな問題だ。

あのトンネルが使えなければ、駅や役所や商店のある隣村へは行けないのだ。諏訪のように勤め先の役所はトンネルの向こうだが、実家はこちら側にあるという者も完全に足止めを喰らうことになる。

「まいったな。まさかこんなことになるとは……」

村の者も困るが、東京に一刻も早く戻りたい大瀧にしてみればこれはかなり深刻な状況だ。いつも彼が帰るときに降る雨を「遣らずの雨」などと冗談を言っていたが、今度ばかりは大瀧も頭を抱えている。

「とにかく、何か作ります。被害状況がまとまって、復旧の目処《めど》がつけば諏訪先輩がすぐに連絡をくれるそうですから」

貴文は手早くトーストとコーヒーを準備して、卵やベーコンを焼いて炒めた野菜を添えて出した。それをダイニングテーブルで向き合って食べながら、貴文がボソリと言った。

「すみません。僕が昨夜足止めをしなければ、こんなことにならなかったんですよね」

「いや、おまえのせいじゃない。天気ばっかりはどうしようもない。それに、具合の悪いおまえを一人残して帰らなかったことはよかったと思っている」

「でも、そんなにたいしたことはなかったのに……」

すっかり落ち込んでいる貴文を慰めるように、大瀧は笑みを浮かべてみせる。

「さっき東京に電話を入れたが、捜査のほうも今は特に動きがないようだ。とりあえず、こちらの事情も説明しておいたから大丈夫だろう」

それでも、彼の立場を思うと、申し訳なさにトーストもあまり喉《のど》を通らない。そもそも、東京の警視庁で同じ捜査にあたっている者は、大瀧がこんな辺鄙《へんぴ》な村になぜやってきたのか知っているのだろうか。霊能者の力を借りにいくとは、まさか言ってはいないと思う。だとしたら、捜査の合間に管轄を勝手に離れているこの状況は問題になるんじゃないだろうか。

そのことを案じて、貴文が直接大瀧に確認しようとしたときだった。キッチンの裏口を誰かが叩く音がして、貴文が慌てて席を立つ。ドアを開けると同時に、降り込んでくる雨とともにレインコートを着込んだ諏訪が駆け込んできた。それを見て、大瀧もこちらへやってくる。

「諏訪、村の被害の状況はどうなっている？」

「おおっ、大瀧か。久しぶりだなって挨拶している場合じゃないか。おまえもえらいときにきちまったな。とにかく、まずいんだよ。トンネルの向こう側で土砂崩れが起きて、ほとんど塞がれちまった。車は完全にアウトだ。人がようやく通れる程度なんだが、この雨だろ。いつまた山が崩れてくるかわからない状態なんだよ」

「トンネル以外に向こうへ抜ける道は？」

「ない。旧トンネルがあるにはあるが、今は封鎖されているし、ここ数年の雨で中はもう半分以上埋もれてる。とても危険で使えるような代物《しろもの》じゃない」

要するに、完全にここは孤立してしまった状態ということだ。そんな話をしているときにも諏訪の携帯電話が鳴って、彼が出ると深刻な表情で頷いている。その様子を大瀧と貴文は黙って見ているしかなかった。やがて電話を切った諏訪は渋い顔で小さく首を横に振る。

「まずい。また崩れたらしい。トンネルが完全に塞がれた」

すっかり頭を抱えている諏訪は、とにかく今からトンネルに行って他の村の人たちと土砂をかき出し、土嚢《どのう》を積む作業をするという。それを聞いて、大瀧は自分も一緒に行って手伝うと言い出した。少しでも作業を進めて、東京へ戻る目処をつけたいのだろう。

「助かるよ。なんせ男手が足りてないからさ。じゃ、俺の車に予備のレインコートと長靴が乗せてあるから」

もちろん貴文もそのつもりで、自分のレインコートを取りに行こうとしたら大瀧がそれを止める。

「おまえは駄目だ。まだ体調が戻っていないだろう」

「もう大丈夫です。それに、今は一人でも手が必要なときだから」

そう言った貴文だが、諏訪も大瀧と一緒にそれを止める。

「いや、駄目だ。幸平から聞いたぞ。ここのところ具合が悪かったらしいじゃないか。昨日も貧血で倒れて、児玉先生に市立病院で検査を受けろって言われたんだろう」

「それはそうですけど、今日は体調も悪くないし……」

「いいから大人しく待ってろ。今この状況で病人が出ても、隣町の病院まで運ぶこともできないんだぞ」

大瀧の手が肩にかかって、裏口に向かう貴文を部屋の中へと引き戻す。それを見て諏訪も真剣な顔で頷いている。

「そういうことだ。とにかく、ここは安全だから。それに、怪我人や病人が出たら児玉先生のところで手伝いが必要になるかもしれない。そのときはそっちのほうへ行けるように待機していてくれ」

それを言われると貴文も納得するしかなかった。二人は諏訪の車に乗って現場に向かう。一人残された貴文は裏口のドアを開けてまだ雨脚の緩まない空を見上げる。

このまま降り続いたら、本当にこの村が何日も孤立してしまう可能性も出てくる。災害対策のための手が打たれるまでにどのくらいの時間がかかるかわからない。大瀧がずっと足止めされた状態になったらどうしたらいいのだろう。

昨日の夜、大瀧が帰らないように雨が降り続けばいいと思った。もちろん、自分が願ったせいでこの大雨になったとは思えない。いくら霊視の能力があっても、天気や自然を左右する力などあるわけもない。

そうは思っていても、自分の感情のコントロールができないところで万一でも恐ろしい能力を使っていたらと思うと怖くなる。

二人が出かけてからも貴文はキッチンの流しの前の窓から何度も外の様子をうかがっていたが、なかなか雨脚は弱くならない。何か新しい情報はないかと思い、ラジオをつけたりテレビをつけたりしてみる。だが、かなり限定的なエリアで起こっている豪雨なのか、まだニュースにはなっていないようだった。

村役場も今頃は職員全員が出払って対処にあたっているだろうし、トンネル向こうの村でもきっと大騒ぎになっているはずだ。誰に連絡を入れたところで、今は詳しく状況を説明している場合ではないだろう。

貴文は大きな溜息とともに、テレビのスイッチを切ろうとリモコンを握ったときだった。

『ここで速報です。ただいま入りましたニュースです。今月に入って都内で連続して起きている連続通り魔事件の続報です。先ほどY公園付近の歩道で腹などから血を流している人物が発見され、病院に搬送されて現在治療を受けているということです。発見したのは近所の男性で、通りに若い女性が倒れているのを発見して通報。刃物で刺されていることなどから、昨今連続して起きている通り魔事件との関連についても警察では……』

ニュース画面にしばし釘付けになっていたのは他でもない。貴文の中でふつふつと形のない不安のモヤのようなものが湧いて出てくる。何かひどくよくない予感がすると同時に、その事件のニュースが何か鈍い矢のようになって自分の心に突き刺さる。

都会で起きる凶悪事件は珍しくはない。日本が世界的にはどんなに治安のいい国だと言われていても、日々何かしらの犯罪は起こっている。この連続通り魔事件はこれまでもニュースで何度か目にしていたし、その内容もぼんやりと耳にして覚えていた。そして、つい昨日も診療所の待合室でこれに関連したニュースを見たばかりだ。

そのとき、ハッとして貴文は画面から視線を外し片手で自分の額を押さえて考える。次の瞬間、思い立ったように二階の寝室へと駆け上がった。

部屋には昨夜眠るときに脱いだ服がある。大瀧のスーツも部屋の椅子の背もたれにかけたままのはず。貴文は彼のスーツの上着を手にすると、一瞬迷ったもののその内ポケットを探った。果たして、そこにはいつも大瀧が捜査のときに出してメモなどを取っている黒い手帳が入っていた。

大瀧は貴文に見せる写真を必ずその手帳に挟んでいる。そこの間から出してくるのを何度も見ているから間違いない。

（どうしよう……。でも……）

こんなことをしていいものかどうか迷っていた。けれど、自分が引き止めたせいで大瀧はこの村に足止めされた形になっている。自分が彼のためにできることがあるとすれば、これだけしかないのだ。

貴文は手帳から写真を抜き取った。写真は二枚あった。そのうちの一枚をそっと返してみる。そこには若い女性がどこか旅行先で撮ったらしい、笑顔でピースサインをしている姿があった。

「あ……っ」

だが、その写真の彼女は見る見るうちにドス黒い色に変色して、身につけているワンピースは墨色になり明るい笑顔から血の気が抜けていく。やがて表情が苦悶に歪みはじめる。貴文の耳にはどこからともなく嗚咽が聞こえてくる。

『ひどい、ひどい……っ。どうしてこんなことされなきゃなんないのっ。あたしが何をしたっていうの？　お母さん、痛い、苦しい……っ。助けて、助けてよぉ』

嗚咽の合間に彼女が訴えている。本当に痛そうで、苦しそうで見ていても聞いていても貴文の心までがキリキリと痛む。彼女は鋭い刃物で何ヶ所か刺されている。だが、道を歩いているところを背後から襲われたために、その場で倒れ込んで犯人の姿を見ていない。

『スニーカーを履いている足が見えた。薄汚れた白いスニーカー。手を伸ばしてつかもうとしたけど、蹴飛《けと》ばされて手を払われたのよ。悔しいっ、あたしはすごく痛かったのに、悔しいよぉ……っ』

悔しい気持ちはよくわかる。こんなに若いのにいきなり理由もなく命を絶たれたのだ。まだまだやりたいこともあっただろうし、この先の人生で楽しいこともたくさんあっただろう。なんとか彼女の恨みを晴らしてやりたいけれど、いくら彼女の言葉に耳を傾けても犯人に関する言葉は出てこない。

（駄目だ。彼女は本当に何も見ていないんだ……）

貴文はそこで彼女の写真を手帳に戻し、二枚目の写真をひっくり返して見てみる。それも

街

また若い女性だった。何かのスポーツイベントでのワンショットなのか、Tシャツに短パンとサンバイザーというスタイルでイベント会場のパネルの前でポーズを取っている写真だ。

例の連続通り魔殺人事件で亡くなったのは、診療所のテレビで見たときは一人だけだった。最初の主婦は助かったものの、背後から刺されて犯人の目撃証言が取れていない。その状況は殺害された二人目の写真の彼女が訴えているのと同じだった。

そして、三人目は病院に搬送され治療中と報道されていたが、二枚目の写真を見て彼女があのニュースのあと間もなく亡くなったことがわかった。大瀧が急いでこの村にやってきたのも、三人目の被害者が命を落としたことでこれ以上捜査に予断を許さなくなったからだろう。

そして、この村で豪雨のために足止めされているうちに四人目の被害者が出てしまった。トンネルの復旧作業を手伝っている大瀧はこのニュース速報を知っているのだろうか。さっき東京へ事情説明の連絡を入れたとき、一報を聞いたのかもしれない。だとしたら、塞がれたトンネルを手で掘ってでも駅のある向こうの村に出て東京に戻りたいと思っているのだろう。

貴文はもう一度心を落ち着けて二枚目の写真の彼女を見る。彼女の姿もまた黒い色に染まっていき、その顔が悲しみとも絶望ともつかない悲愴なものになっていく。「苦しい」とか「悔しい」という言葉が繰り返されて、その合間に自分を刺した男のことを罵《ののし》っている。

その声に貴文は懸命に耳を傾けた。彼女はこれまでの二人と違い、ジョギング中にすれ違う瞬間脇腹を刺されている。なので、背後から刺されたこれまでの二人とは違い、犯人の姿をある程度認識していた。

ときには悲鳴交じりになる彼女の言葉を懸命に聞き取ろうとする。ヒントになる言葉は全部かき集める。二人も続けて死者の声を聞き続ければ、さすがに具合が悪くなってくる。彼女らの恨みも痛みもごちゃ混ぜになって貴文の中へ流れ込んでくるのだから、それはかなりきつい作業だが貴文はずっとその声を聞き続けた。

『フードを被ってたけど、メガネをかけている男だった。何か変な匂いがしたの。薬のような匂い。ううん、違うわ。あれって薬草とか香辛料とか……』

犯罪当時の服装はだいたいわかった。体格もわかった。被害者の彼女とほぼ同じ身長で、太ってはいないが極端に痩せてもいない。いわゆる中肉中背だ。けれど、顔はフードを被っていたという。それでもメガネをかけていというのは大きなヒントだ。サングラスなら変装用だろうが、メガネならそれが伊達《だて》メガネでないかぎり視力の悪い人間ということになる。

だが、その匂いというのが気になる。貴文はさらに彼女の声に耳を傾け、写真に手をかざしてその瞬間に彼女の脳裏に過ぎったものを全部引き出そうとする。

（教えて、匂いって何？　どんな匂いなの？）

これまでこちらからコンタクトを取ろうと試みたことはない。あくまでも写真を見て、そこに写っている人物が一方的に訴えてくるものを受け取って、そっくり大瀧に話すというだけのことだった。だが、今回ばかりはそれだけでは駄目だと思ったのだ。

だが、自分から問いかけることも初めてなら、それに答えてもらえるかどうかもわからない。いつもよりもずっと長い時間がかかって、霊視をしている貴文は眩暈と体力の限界を感じてその場に座り込む。

寝室の床に座り込んだままさらに写真を凝視する。もっと情報がほしい。犯人を特定する何かがほしい。貴文は苦しい胸を押さえながらも彼女が言った「変わった匂い」について聞き出そうとした。

『友達と中華街へ行ったとき……』

いきなり奇妙なことを言い出した。彼女が殺害されたのは都内の住宅街だ。中華街などは近辺にない。だとしたら、横浜かどこかの中華街へ遊びにいったということだろうか。

『こんな匂いがした。食事をしたレストランでその匂いがして、帰りに寄った食材専門店でも……』

薬草ならかなりの知識があるつもりだ。薬草と漢方薬は通じる部分が多い。中華料理には薬食同源思想がある。そこで使われる薬草や香辛料は数多《あまた》とあって、貴文でもそのすべてではわからない。けれど、観光に行ってその匂いを覚えているとしたら、それほど複雑なものではないはず。

もし彼女がかいだという匂いを貴文も感じることができたら、それを特定することができるのだろうがそこまでの能力はない。

やがて力尽きたように貴文は写真をゆっくりと床の上で伏せる。その瞬間、まるでハーフマラソンでもしてきたかのようにぐったりと体力的に疲れているのを感じて、貴文は自分の手の甲で額の汗を拭《ぬぐ》った。

今回ばかりは情報が足りないかもしれない。けれど、被害者の写真からわかったこともある。これを大瀧に伝えれば、犯人逮捕の足がかりにはなるだろう。

問題は大瀧をどうやってこの村から脱出させるかだ。トンネルが塞がれたままではどうすることもできない。過去にも災害時に怪我人や病人を運ぶため、ヘリコプターによる救助が要請されたこともある。だが、今の段階ではそれもいつになるかわからない。

トンネルの復旧作業を手伝いながら、大瀧はきっとこれ以上ないほど焦っているに違いない。何かいい方法はないかと考えるけれど、この村で生まれ育った貴文にしても何も思い浮かぶことはなく、ただ途方にくれるのだった。

◆◆

「駄目だ。こりゃ、時間がかかるぞ。ヘリの救助隊を要請することになるかもしれん」

大瀧《おおたき》とともにトンネルの土砂崩《くず》れ現場に出向いていた諏訪《すわ》が戻ってきて言った。トンネルは充分頑強に作られているのでまったく問題はないが、出口付近で起きた二度の山崩れが完全に道を塞《ふさ》いでいる状態らしい。

「人一人も無理ですか？」

人が這《は》い上がってでも向こうに行けたら、反対側に待機している車で駅まで運んでもらえるだろう。だが、それもほぼ無理だという。土砂を数時間かけてなんとかかき出したとしても、その上を乗り越えるのも手探りで時間がかかる。その間に三度目の山崩れがきたら土砂とともに谷底に落ちて命を失うことになりかねない。それはあまりにはリスクが高すぎるというのだ。

雨の中で作業をして戻ってきた二人は貴文《たかふみ》の家のキッチンでぐったりと座り込んでいる。とりあえず温かい飲み物を出してすぐに昼食を作るからと言うと、諏訪はこの足で一度自分の家に戻るという。家族がいるので、そちらのことも気になっているのだろう。

午後からまたトンネルに行くことにして、帰っていく諏訪を見送り貴文は大瀧にシャワーを浴びてくるように言った。今朝一緒に風呂に入ったばかりだが、雨の中で作業をしてきたからきっと体が冷えていると思ったのだ。

その間に貴文は簡単な昼食を用意する。食品の買出しは無理な状況なので、すべて冷凍していたもので作る。根菜と豚肉で味噌《みそ》汁を作り、干しエノキの炊き込みご飯を解凍し、ほうれん草で手早く胡麻和《ごまあ》えを作る。

すでに午後の一時を過ぎていて、風呂から上がってきた大瀧が貴文の用意した昼食を黙々と食べていたときだった。

「あの、大瀧さん……」

貴文は彼が出かけていたうちに霊視したあの写真のことを告げようと思ったのだが、うまく切り出すことができない。勝手に彼の手帳を開いて写真を見たと言えば、それだけで人として信用を失う行為だ。だが、今はそれを気にしている場合だろうか。

(でも、それを言っても彼は東京へ戻れないわけだし……)

今朝のニュースで流れていた新たな事件のことも、すでに聞いているのかどうかも確認することができずにいると、大瀧は貴文を見て言う。

「最悪の場合は谷に下りていこうかと思っている。諏訪は賛成しないが、背に腹はかえられん」

「何言ってるんですか。そんなの駄目ですよ。それはいくらなんでも無謀ですからっ」

「だが、事件は待ったなしだ。さすがに何日もここで足止めを喰《く》らっているわけにはいかないしな」

その一言で、彼が今朝の電話で第四の事件について聞かされていると確信した。だとしたら、冷静を装ってはいてもこれ以上ないほどに焦っている彼の気持ちも理解できた。ただ、そうだとしても自分の命の危険を顧みないというのは間違っている。

「そんな無謀な真似《まね》をしてどうするんですかっ？　焦る気持ちはわかりますけど、冷静にならなければいけないときに突っ走るような行為は自分自身も後悔するし、周囲にも迷惑をかけるだけですよ。それくらいあなたはわかっているはずです」

きつい言葉だとは思ったが、言わずにはいられなかった。大瀧はよもや貴文からそんな言葉を叩《たた》きつけられるとは思っていなかったのか、しばしこちらを見て考え込んでいる。

「あ、あの、すみません。生意気なことを言いました。でも、本当に無茶はしないでください。あなたに万一のことがあれば悲しむ人がいるんですから。育ててくれたご両親もそうだし、諏訪先輩もそうですし、僕だって……」

そう言いかけたとき、大瀧はほとんど食べ終えた昼食の箸《はし》を置いて考え込んでいる。説教めいたことを言うつもりもないし、言える立場でもない。それはわかっているけれど、彼が無茶や無謀をするのを黙って見ているわけにはいかないのだ。それは大瀧という男を特別に思っているというだけでなく、人として当然のことだと思う。

二人の間で気まずい沈黙が流れていて、貴文がどうしたらいいだろうと困っていたときだった。キッチンの裏口が叩かれて、家で昼食を食べてきた諏訪がもう戻ってきたのかと思った。

貴文は大瀧との会話の途中だったが、急いで裏口に行ってドアを開ける。だが、そこにいたのは諏訪ではなく幸平《こうへい》だった。

「えっ、こ、幸平、どうしてっ？　トンネルは土砂で塞がっているのに……」

駅のあるトンネル向こうの村にいるはずの幸平が目の前に立っているのは、どういうことなのだろう。わけがわからず、貴文は呆然《ぼうぜん》と後輩の姿を見つめる。

「まいったよ。まさかこんな豪雨になるなんて思わなかったからさ。向こうの村でも大騒ぎだ」

そう言いながら幸平はレインコートのフードを下ろし、背中に背負っていたバックパックを床に置いた。

「これ、当面の食材と医療品ね。診療所にも置いてきたし、これは全部貴文さんの分だからね」

有り難い差し入れだったが、それよりも貴文は幸平の両肩に手を置いて揺さぶるようにたずねる。

「どうやってきたの？　トンネルは塞がっていただろ？　どうやってこっちまでくることができたのっ？」

彼がこちらの村にやってくることができたなら、大瀧がトンネル向こうの駅のある村へ行くこともできるはずだ。そこまで行けば公共の乗り物を乗り継いで東京へ戻ることもできるし、近隣の町まで出ればレンタカーを借りることもできるだろう。

ところが、幸平は貴文の問いには答えず、裏口からダイニングで食事をちょうど終えた大瀧の姿を見て、昨日にもまして忌々《いまいま》しげに言う。

「なんだよ、あいつ。雨が降り出す前に帰ったんじゃないのかよ？」

「事情があったんだよ。それより、教えて。どうやってここへきたの？」

貴文が必死にたずね、大瀧もまたその方法を知りたいと思っているのかそばまでやってくる。

「トンネル以外に向こうへ行く方法はあるのか？」

問いかける大瀧を無視するように幸平はそっぽを向いた。それを見て、子どもじみた真似をしている場合じゃないと貴文が叱《しか》る。

「村が大変なときなんだよ。それに、大瀧さんは事件捜査のために一刻も早く東京に戻らなけりゃならないんだ。ここでこうしている間にも新たな事件が起きているかもしれなくて、だから……」

そこまで言ったとき、大瀧が貴文の肩に手を置いた。ギクッとしたのは自分が何か勢い余って失言しなかったかと案じたからだ。

彼の手帳から勝手に写真を出して霊視したことはまだ話していない。それを知った彼が貴文のことをどう思うかはわからない。彼のためを思ってやったことなのだが、人としては褒められた真似ではなかったことは自覚している。

「貴文の言うとおりだ。俺は一刻も早く東京に戻らなければならない。向こうの村へ行く方法があるなら教えてくれないか。頼む」

大瀧は、普段から生意気で何かと言えば嚙《か》みついてくる幸平のことをろくに相手にしていない。若造が勝手にギャンギャン吼《ほ》えているだけだと思っているのだろう。だが、今回ばかりは本気でその若造に頭を下げている。自分の信念を貫くためには、それも厭《いと》わないという彼の潔さに心を打たれたのは貴文だけではなかった。

「本気で言ってんのかよ？」

「大瀧さんは本気だよ。お願い、教えて。どうやってきたの？」

貴文が泣きそうな顔でたずねると、幸平は困ったような表情になったものの、また強気の表情で大瀧を睨《にら》みつける。そして、苦々しい表情で言った。

「山の上に昔使われていた吊《つ》り橋があるんだよ」

「えっ、吊り橋？」

そんな話は聞いたことがなかった。幸平はそれも無理はないと肩を竦《すく》めてみせる。自分たちの祖父母の時代にすでに使われなくなった吊り橋があるというのだ。

「かなりボロボロで危ないけど、渡れないこともない」

「本当に？」

幸平はひどく不満そうな表情で頷《うなず》いた。だが、その情報で充分だった。貴文は大瀧を見て言った。

「トンネルの向こうへ行けばどうにかなります。徐行しているにしても電車は動いてるようだし、タクシーで隣町まで行けばレンタカーを借りることもできます」

絶望的な状況の中で一筋の光を見出《みいだ》したように貴文が言えば、大瀧も黙って頷いていた。そして、貴文は両手を合わせて幸平に頭を下げる。

「お願い。大瀧さんをその吊り橋へ案内してあげて。このとおりだから」

「でも、かなり危険な道だ。俺もこっち側で復旧作業を手伝うつもりだったし……」

自分は命綱をつけてどうにか渡ってきたものの、古い吊り橋の耐久性はとても保証できないと幸平は言う。そんなことを聞かされると急に不安になったが、大瀧はもうその道でトンネル向こうへ行くつもりでいる。すぐに着替えてくると二階へ行こうとして、一度足を止めて貴文のそばに戻ってくる。

「おまえは一人で大丈夫か？」

こんな事態に何を言っているのだろうと、貴文が苦笑を漏らしてしまう。

「僕はいつだって大丈夫ですよ。ここは生まれ育った村ですから。何があってもここにいますよ。それに、心配しなくても二、三日もすればトンネルも復旧します。ただ、あなたには時間がないから……」

ここまでの豪雨は久しぶりだが、これまでにも雨による災害がなかったわけではない。そのたびに人々は知恵を絞ってこの土地で生きてきたのだ。貴文も祖父母や両親と同じように、ここで生きていくだけだ。だが、大瀧は東京に戻って成さなければならないことがある。それは誰よりも彼がわかっているはずだ。

だから、危険だとわかっていても止めることはできなかった。そして、今一度幸平をその危険に晒《さら》すことにも不安を感じている。

大瀧が二階へ行って着替えている間に、貴文は幸平にその吊り橋の状態をたずねる。

「危険なことは間違いない。踏み板がほとんど抜けているし、ワイヤーもかなり古くて腐食が進んでいる。何よりも橋を支える橋台部分の土が雨で緩んできているからな」

そんな言葉を聞いて不安が煽《あお》られると同時に、貴文は幸平の無謀を叱りたくなった。

「危ないってわかっているのに、どうしてそんな無茶を……」

大瀧を案内してやってくれと頼んだ手前、頭ごなしに幸平の無茶を責めるわけにもいかない。けれど、大瀧だけでなく幸平の身に万一のことがあっても、貴文にとっては悲しすぎる出来事となるだろう。

「だから、ちゃんと命綱もつけたし。それに、貴文さんが心配だったんだよ。昨日も貧血で倒れたばかりだし、もしものことがあったらって思ったらいてもたってもいられなくなったんだ」

「幸平……」

こんなに心配してくれる人がいて、自分は一人でも本当に幸せ者だと思う。

「貴文さんのことは俺が守るって決めているから」

それはこの村の者同士で、後輩としての使命感からだろうか。それにしても、幸平の表情があまりにも真剣で貴文は戸惑ってしまう。

「俺は貴文さんのことが……」

幸平が何か言いかけたところで、大瀧が二階から着替えをすませて下りてきた。いつものスーツ姿だが、その上にさっきまでトンネルの復旧作業をしていたときのレインコートを着込み、幸平に向かって言った。

「吊り橋の手前まででいいので案内を頼む。あとはこちらの村に戻って、貴文たちを助けてやってくれ」

大瀧の言葉を聞いて、幸平はちょっと目を見開いていた。大瀧にしてみれば、自分の都合で幸平を危険な目に遭わせるわけにはいかないと思っているのだろう。

「言われなくても、貴文さんは俺が守るさ」

思いがけない言葉を受けて、幸平は強がるようにそう言った。そして、裏口から出て行こうとする大瀧を呼び止めて、貴文は三つ折りにしたＡ４のコピー用紙を渡す。

「これを持っていってください」

「これは？」

そう言いながらその場で紙を開いてそこに書かれた文字を見た大瀧が、ハッとしたように顔を上げて貴文を凝視した。

「おまえ、いつの間に……？」

「今はそんなことはいいじゃないですか。それより、今回はその『匂い』が犯人特定するための決め手になるはずです。難しい捜査になると思いますが、どうか気をつけて」

その用紙にはさっき貴文が霊視した二枚の写真の女性が語りかけてきた内容が克明に記されている。

「しかし、体は本当に大丈夫なのか？　また無理をさせたんじゃないのか？　いいか、俺は刑事として事件を解決したいと思っている。それは本当だ。だが、そのためにおまえを犠牲にしたいわけじゃない。それだけは違うぞ」

「大瀧さん……」

「おまえを苦しめたり、辛《つら》い思いをさせるつもりはない。俺はおまえのことを……」

用紙を持ったまま貴文と向き合った大瀧が頰《ほお》に手を伸ばしてきて、そこに触れようとした瞬間だった。キッチンの裏口に立っていた幸平がこちらに向かって声をかける。

「おい、行くのか行かないのかどっちだよ？　行くなら少しでも早くしないと、橋台がもたなくなるぞ」

ハッとして見つめ合っていた二人が体を離す。そして、大瀧は受け取った用紙を自分のスーツの内ポケットに押し込んでいた。

「申し訳なかった。だが、この情報で必ず犯人は逮捕する」

「ええ、きっとそうしてください。五人目の被害者が出ないよう祈っています」

深く頷いた大瀧は裏口で諏訪に借りていた長靴を履く。ここへくるときに履いてきた革靴は東京から乗ってきた車とともにここへ置いておくことになった。

貴文は裏口の外にまで出て、雨に濡れながらも彼らを見送る。

「幸平、無理を言って悪いね。でも、お願いね」

貴文がくれぐれもよろしくと頭を下げれば、幸平はなんとも複雑な表情で頷く。そして、貴文は大瀧に向かって言う。

「絶対に無理はしないで。本当に危険そうなら、戻ってきてくださいね」

「わかっている」

そう言い残して大瀧は幸平の案内で山の上の橋を目指す。途中までは貴文の車で行き、そこから山に分け入って橋のところまで行くのだ。そして、無事大瀧が向こうへ渡ったなら、幸平はまた車でここまで戻ってきて、それからトンネル内での復旧作業にあたるという。

家の中に戻ったところで、ホッと息を吐く間もなく携帯電話が鳴った。ビクッとして体を緊張させて出れば、それは諏訪からだった。

診療所に体調を崩した年寄りや、復旧作業中に怪我《けが》をした人が運び込まれていて、医師の児玉《こだま》が奥さんと一緒に治療に追われているという。なので、貴文も行って雑務を手伝ってやってほしいということだった。

電話を切った貴文はすぐにレインコートを着て、診療所まで走っていった。歩いて十分の道のりだが、雨は降り続き道が川のようになっていてひどく歩きにくかった。

診療所に着くとすぐに手伝いに駆け回る。普段と違う状況に気分が悪くなっている人もいる。年配の人は不安から誰かと一緒にいたいと思うのも無理はない。診療所はちょっとした避難所の様相になっていて、家から持ってきた漢方薬のお茶を淹《い》れて皆に配って回った。

「貴ちゃんの家は大丈夫だったかい？　でも、畑はかなりやられたんじゃないの？」

「せっかくの薬草が台無しになっちまうかもしれないねぇ。でも、この雨だもの。山も崩れて、命があっただけでもよかったって思わないと……」

渡邊《わたなべ》と内田《うちだ》のお婆《ばあ》ちゃんが二人して診療所の椅子《いす》に腰かけて、貴文が淹れたお茶を飲みながら言う。

「畑はいくらでも作り直せるよ。今はトンネルを復旧させて、元の生活に戻れるようにしないとね」

畑の被害はけっして小さくないだろうが、ひどい怪我人や病人が出ていないだけまだよかった。貴文が言えば、二人のお婆ちゃんもコクコクと頷いている。こうして誰かと話しているだけでも少しは心が落ち着くのだろう。

貴文にしても家でヤキモキして待っているよりは、ここで忙しくしているほうがいい。ただ、皆と励まし合いながらも、心の中ではずっと大瀧の無事を祈っている。

今回の訪問で彼はたくさんの言葉を残していった。そして、最後にちゃんと聞けなかった言葉もある。それがどういう言葉だったのか確かめたいから、無事に橋を渡り事件を解決して、また会いにきてほしい。そのときはもしかしたら自分の気持ちを素直に伝えることができるだろうか。好きとは言えなくても、彼のことを大切に思っているということなら言えるかもしれないと思っていた。

明けない夜はないように、止まない雨もない。約二十時間近く降り続いた雨も、ようやく小雨になってやがて夜になって星が出た。人々の間で安堵《あんど》の吐息が漏れたものの、塞がれたトンネルはまだ手がつけられない状態だ。

「雨さえ止めば、すぐに本格的な復旧活動が始まる。重機が入ってやれば一日で道は繋《つな》がる。道の土砂をどけて車が行き来できるようになるには、もう二、三日はかかるだろうけどな」

その日の夜になって、諏訪の家で集まったとき幸平が言った。彼は大瀧を橋まで送り、無事渡りきったことを確認してからトンネルに戻っていた。

「それにしても、幸平もだが大瀧も無茶をする。まったく、そばで見ているほうが寿命が縮まるな」

午後からもずっと現場に詰めていた諏訪は、幸平がやってきたことにも驚いていたが、大瀧が同じ道を通ってトンネル向こうの村へ出ていたことにさらに驚いていた。

大瀧は橋を渡ったあと、幸平に教えられていたとおり山道を抜けて国道に出ることができたようで、そこからは幸平が停《と》めていた軽トラックに乗って村にたどり着いた。駅に無事着いた大瀧から貴文に電話が入ったときは心底安堵したし、協力してくれた幸平にも感謝した。

そこから徐行運転している電車で隣町に出た大瀧は、レンタカーを借りて先ほど東京に戻ったようで諏訪にも連絡が入ったという。

普段なら車で高速道路を使って三時間半ほどの道のりを、ほとんど一日かけて戻ったことになる。だが、彼に休息はない。すぐさま貴文の霊視によって得た情報を精査して、命を取り留めた被害者からあらためて情報を聞き、さらには今朝方に出た四人目の被害者から得られる証言も待って捜査をしなければならないのだ。

中肉中背であろうという以外に犯人の特徴はほとんどわかっていなかった。だが、貴文の霊視によって犯人はメガネを常用していて、色が白く右頬に赤い火傷の跡のような小さな傷がある。年齢は二十代後半から三十代前半。そして、普通のコロンなどとは違う薬草とか漢方薬のような匂《にお》いがしている。

さらには、犯人は処分していなければ二人目の被害者が血塗《ちまみ》れの手で触れた白のスニーカーをどこかに所持しているはずだ。これは犯人と特定する大きな鍵《かぎ》になるだろう。

ただし、通り魔事件だけあって被害者とは過去になんの接点も持っていないだけに、これだけの特徴で人物を探し出すのは相当難しいと思う。あとは警察の捜査能力を信じて朗報を待つしかないということだ。

その夜は幸平を貴文の家に泊めることになっていたので、諏訪のところで夕食をご馳走《ちそう》になってから二人で車に乗って帰ってきた。

「貴文さん、体は大丈夫なのか？　本当なら精密検査に行かなけりゃならないのに、とんだ一日になっちまったな」

家に戻ってお茶を淹れて、二人でリビングのソファに座りながら話していると、幸平はあらためて貴文の体調を気遣ってくれる。大瀧が帰ってしまった翌日はいつも寂しい思いをするのだが、今夜は幸平がいてくれて少しは気持ちが紛れている。

「僕の体なら心配しないで。夕べゆっくり眠ったら、今朝はずいぶんと調子がよくなっていた。やっぱり、ちょっとした貧血だったみたい。それより、明日からはトンネルの復旧作業の手伝いに行かなくちゃね」

「いや、貴文さんの出番はないんじゃないかな。もう土嚢《どのう》も積めるだけ積んだし、あとは専門業者の仕事になるよ。あそこは県道なんで県の道路整備課の検査が入るだろうけど、トンネル自体はかなり頑強に作られているから問題はないと思うしね」

言われてみればそうかもしれない。それに非力な貴文が行ってもたいして役にも立ちそうにないし、作業現場で貧血でも起こして倒れたらよけいに足手まといになってしまうだろう。また、トンネルの強度に問題が見つかれば補強作業などで完全復旧にも時間がかかるだろうが、土砂を取り除くだけなら案外早く片付きそうだ。

これだけの豪雨だったが、山崩れも結局は人家のない場所で、家屋の倒壊や浸水などはなかった。一時はどうなることかと思ったが、天気予報によればこの低気圧が過ぎればしばらくは秋晴れが続くと言っていたので一安心だ。

「それより、畑もかなり派手にやられたみたいだし、俺も明日はトンネルの様子を見たらあとはこっちを手伝うよ。薬草がなくなるとうちの旅館もやばいからね」

「幸い温室は無事だったし、中の薬草もほとんど問題ないよ。冷蔵庫に保存してある分や乾燥させたものならそこそこストックはあるから、しばらくはそれでしのいでもらうしかないけどね」

幸平のところの高嶋《たかしま》屋旅館は薬膳料理が売りなだけに、それが出せなくなると大きなダメージとなる。冬にはウィンタースポーツの施設のあるところに客が流れるが、秋と春はかき入れどきなのだ。今年の秋はストックしている分でどうにかしのいでもらっても、来年の春の分の苗を植える準備をしておかなければならない。

雨量はすごかったが、台風のような風が吹き荒れたわけではない。なので温室は無事だったのだが、畑のほうの冬囲いはかなりやられてしまった。また、過剰な水分を嫌う薬草も多く、畑の水はけはよくしてあるのだが、さすがにこの豪雨ではどうにもならなかった。まずは土を入れ替えるところから始めなければならないだろう。

「しばらくは俺もできるだけ畑の手伝いにくるし、貴文さんはトンネルが復旧したらすぐに病院へ行って検査しなよ」

「何から何まで悪いね。本当に頼りになる後輩を持って頼もしいよ」

「だから、言っただろ。俺は貴文さんのことを守るって」

「ありがとう。それに、今回は大瀧さんのことでもずいぶん世話になったよね。彼があのまま東京に戻れなかったらどうなっていたか……」

また新しい事件が起きて第五、第六の被害者が出ていたらと思うとゾッとする。もちろん、まだ事件が解決したわけではないので安心はできないが、とにかく彼が捜査の現場に戻れたことはよかったと思う。

危険を顧みず自分のところへ駆けつけてくれた幸平にも感謝していたが、何よりも貴文が礼を言いたいのはその件だった。だが、幸平はそれについてはやっぱり不服そうな顔になる。

「べつにあいつのために案内したわけじゃないし」

「でも、本当に助かった……」

「っていうか、また奴のこと手伝ってやったのか？　絶対にその体調不良と関係してるだろ。そんな変な能力は使っちゃ駄目だってっ」

幸平が苛立《いらだ》たしげに言ったので、貴文を思わず苦笑を漏らす。

「確かに、変な能力には違いないけどね」

「あっ、い、いや、そういう意味じゃないけど。ただ、人と違うことをしていたら、心身ともに負担が大きいのは当然だろ。いくら諏訪先輩の友人だからって、貴文さんがそこまでしてやる必要なんかないってことが言いたいだけだよ」

「心配してくれるのはわかるけど、彼はもう諏訪先輩の友人っていうだけじゃない。彼は僕にとっても大切な友人だから」

今回、抱き合って互いのことをずいぶんと話した。これまでどうして口にしなかったのかと思われることもたくさんあったし、諏訪でさえ知らないようなことをそれぞれが打ち明けたりもした。

一緒に風呂に入ったとき大瀧は言ったのだ。

『昨日の夜は、俺なりに少しは腹を割ったつもりだったんだがな』

その言葉になぜか胸が締めつけられる感じを覚えた。多分、嬉《うれ》しかったのだと思う。自分が大瀧のことを少しばかり特別に思っているように、彼もまた貴文のことを腹を割って話してもいい相手と認めてくれたのだと思ったから。

そして、危険な橋を渡って東京へ戻る前に彼は言ってくれた。

『おまえを苦しめたり、辛い思いをさせるつもりはない。俺はおまえのことを……』

苦しめたり辛い思いをさせたくないのはわかっている。ここまできて、彼は貴文に霊視をさせようとはしなかった。午前中にニュースが流れて貴文は第四の事件を知ったが、大瀧は朝一に東京の捜査本部に連絡を入れたとき、すでに新しい事件が起きたことを聞いていたはずだ。

それでも、貴文に写真を見せようとはしなかった。それが、彼の意思であり、彼の言葉が嘘《うそ》ではない証明なのだ。

だったら、あの言葉の続きはなんだったのだろう。彼は自分のことをどう思っているのだろう。貴文がせつなさに胸を押さえていると、幸平が不機嫌そうにソファから立ち上がる。

「あのさ、貴文さんがどう思っているかわからないけど、あいつは貴文さんのことを利用できる霊能者くらいにしか考えてない」

「そんなことないよ。あの人はべつに僕に霊視を無理強《じ》いしているわけじゃない」

貴文は自信を持ってそう答えた。だが、幸平は軽く肩を竦めてみせる。

「それもポーズなんじゃないの？　そういう知恵は回りそうだし。それに、俺が聞いたら貴文さんのことなんかなんとも思ってないって言ってたよ」

「え……っ？　それ、どういうこと？」

「だから、橋の近くまで車で行く途中に直接確認した」

どういうつもりで貴文のところへきているのかと問えば、彼は力を借りたいだけと答えたというのだ。

「貴文さんの体調不良は無理やり能力を使わされているからだって言ってやったら、返す言葉もないみたいだった」

「それは、彼もやっぱり僕の体調を気にしてくれていて……」

「それだけじゃないよ。だったら、これ以上貴文さんに無理をさせるなって言ってやったら、そのつもりだって言ってた。もう二度と村にはこないってね」

「う、嘘……っ」

「本当だ。結局、能力を利用できないなら、貴文さんに会いにくる必要もないって本人が認めたってことだよ」

違うと言いたいのに、言えなかった。大瀧からはっきりとした言葉は聞いていないから。彼を信じたいと思うけれど、幸平は貴文の心を挫くように言う。

「あいつはしょせん都会で生きている奴だよ。こんな田舎《いなか》に用もなくくるわけもない」

吐き捨てるように言う幸平の言葉に、貴文は懸命に首を横に振る。そんなはずはない。大瀧はそんな人じゃない。そう心の中で呟《つぶや》き続けていると、すぐそばに幸平がきて立っていた。彼の顔を見上げるのが怖い。自分の戸惑いを悟られたくなくて貴文がずっと下を向いていると、幸平のほうが膝《ひざ》をついてその場にしゃがみ顔をのぞき込んできた。

「ねぇ、あいつと何もなかったよね？」

「えっ？　な、何もって……？」

いきなり幸平の声が低くなったような気がして、ドキッとした貴文が声を震わせる。

「あいつ、貴文さんに怪しげな真似してないよね？」

「意味がわからないんだけど……」

もしかして、幸平は二人の関係を察しているのだろうかと急に不安になった。諏訪はああいう性格だから、大瀧がここに泊まっていても何も疑うことはなかった。だが、幸平はカンがいい。二人の間に捜査協力だけでない関係ができていたことに気づいていたのだろうか。

「貴文さん、あいつに抱かれたの？」

二人しかいないこの家で、幸平があえて声を潜めてそうたずねた。貴文は緊張のあまり一瞬息を呑《の》み込み、自分の口元を片手で押さえる。

「ねぇ、あいつに抱かれたの？」

もう一度同じ質問をされた。首を横に振らなければならないと思っているのに、目を見開いたまま幸平を見つめるばかりだ。すると、幸平が小さく舌打ちをした。それが自分への軽《けい》蔑《べつ》だと思い身を震わせた。

だが、次の瞬間だった。幸平が貴文の隣に座ったかと思うといきなり両手で体を抱き締めてきた。驚いて身を捩《よじ》る間もなく彼の胸に引き寄せられる。

自分よりもずっとたくましい体にハッとした。意識したこともなかったが、後輩というだけでずっと彼を心のどこかで子ども扱いしていたのかもしれない。けれど、彼はもう自分よりもたくましい大人の男なのだと初めて思い知らされた気がした。

「幸平、ちょっと待って……」

慌ててそう言ったけれど、彼の手は緩まない。それどころかさらに強く貴文を抱き締めてきたかと思うと、貴文の顎《あご》に手をかけ唇を合わせようとしてくるのだ。どうしてこんなことになっているのかわからない。それでも、このままではいられない。

「お願い、離してっ。幸平、どうしたの？　こんなの、おかしいだろ」

焦っていたからそんな言葉しか思いつかなかった。けれど、それを聞いた幸平はきつい視線で貴文を見据えたかと思うと言った。

「おかしい？　何もおかしくないよ。俺はずっとこうしたいと思っていたし、あんな奴に貴文さんを渡すわけにはいかないから」

「何言ってるのっ。駄目だよっ。離してっ」

幸平が本気だとわかって、貴文は本気で戸惑いうろたえていた。自分が女性に性的な興味を持てないことはわかっていた。だが、そんな人間は自分の周りには誰もいないだろうと思っていた。なのに、幸平もそうだというのだろうか。

「なんであんな奴に気持ちを許してるんだよ。俺がずっとそばにいるって言ってるだろ。俺がいればいいじゃないか」

そう言ったかと思うと、幸平は無理やり唇を重ねてきた。

「んん……っ、んくっ……んぁ」

貴文は首を振ってその口づけから逃れようとするが、彼の力には勝てるわけもなかった。身を捩っても無理だと思ったとき、貴文は全身から力を抜いた。そうするしか方法がないと思ったからだ。

「貴文さん」

幸平が名前を呼びながら抱き締める手を緩めてくれた。暴れれば押さえ込みたくなる。けれど、観念したように力を抜けば不安になったのか、唇を離して様子をうかがってくる。

「なんで？　なんでこんなことするの？」

　貴文はできるだけ冷静な声でたずねた。幸平の行為が単なる好奇心なのか、大瀧に対する対抗心なのか、それともまったく違う他の感情からなのかわからなかった。だから、その真意を聞いただけだ。だが、幸平から返ってきた言葉を聞いて、貴文は閉じていた扉の鍵を自ら開けてしまったことを後悔した。

「俺はずっと貴文さんのことが好きだった。だから、大学を卒業してこっちに戻ってきたし、結婚だって考えたことはないよ。だって、貴文さん以外の誰かなんてもう何年も考えたことがないから」

　思わず心の中で大きな吐息を漏らした。どうしてそれに気づかなかったのだろう。自分がこういう性的指向であったのに、周囲のことは誰一人そんな目で見たこともなかった。もちろん、幸平のことだって微塵《みじん》もその可能性を感じたことはなく、これまでごく普通に後輩としてつき合ってきたのだ。

「いつから？　そんなこと全然気づかなかった……」

「当たり前だよ。こんな小さな村で不用意な真似ができるわけないよ。俺は何を言われても平気だけど、貴文さんに迷惑をかけるわけにはいかないからさ。でも、ずっと高校の頃から思っていたよ」

　歳《とし》が一つ違いの二人なので、貴文のほうが先に近県の大学へ入り寮生活を始めた。その後、幸平も実家を離れて大学に通うようになったとき、彼の両親は家業を継ぐ者はいないだろうと旅館を自分たちの代で閉める覚悟をしていたくらいだ。だが、幸平は貴文が村に戻ることを確信していたから、自分も戻って旅館を継ぐつもりでいたという。

「貴文さんがいなけりゃ、こんな過疎の村で旅館なんかやってないさ。都会で仕事をすれば、もっと自分を試すこともできただろうしな。でも、俺は貴文さんがいるかぎりこの村を離れないと決めたから」

「幸平、まさか、そんなこと……」

彼が旅館を継いだのが自分の志や親孝行だけでなく、そこに多分に貴文への思いがあったと知らされれば、本気で戸惑うしかなかった。だが、幸平の意思はまったくぶれることがない。

「俺は本気だからね。あんなよそ者に貴文さんを奪われるなんて絶対に許せないっ」

そんな言葉とともに、今一度体を抱き寄せられてそのままソファへと押し倒される。大瀧ほどではないが、大きくたくましい体が重なってきて、その重みと触れ合う肌と肌の温《ぬく》もりに貴文は体を硬直させた。

（違うっ。これは違う……っ。こんな温もりじゃないから……っ）

心の中で叫ぶとともに、力一杯幸平の体を突き飛ばした。

「駄目だよっ。こんなのは駄目だっ」

貴文の非力さに油断していた幸平が、胸を突き放されてソファの端まで身を引く格好になった。その隙《すき》に貴文は急いでソファの反対側まで尻《しり》で這うようにして逃げた。

「貴文さ……ん。なんでさ？　なんであの男ならよくて、俺は駄目なんだよ？」

「それは……」

自分でもわからない。けれど、貴文の体も心も幸平を受け入れることはできないと言っている。彼は大切な後輩で、同じ村の仲間で、幼馴染《おさななじみ》だ。ただ、それ以上でもそれ以下でもない。その気持ちをどういう言葉で伝えれば、彼を傷つけずにすむだろう。そのことを考えれば考えるほど言葉が見つからなくて、結局は黙り込んでしまうしかない。

それでも、幸平の手が自分に触れることだけは頑《かたく》なに拒んでいる。貴文の全身からその思いが滲《にじ》み出ていたはずだ。幸平は今一度手を伸ばしてくるが、唇を嚙み締めている貴文を見つめながら、なんとも言えないせつなそうな表情になった。そして、両手で自分の顔を覆《おお》うと呻《うめ》くような低い声を漏らす。

「クソッ。どうしてだよっ。俺くらい貴文さんのことを思っている奴はいないよ。俺、それだけは自信あるよ。なのに、どうして俺じゃ駄目で、あの男なんだよ」

「ご、ごめん。あの、ごめん。そういうのじゃなくて、僕もわからないんだ。でも、あの人は……」

大瀧はなぜか他の人とは違うのだ。彼の心の中にある、誰も触れることのできない空虚な何か。それは出会ったときから感じていたものだ。ただ、それが何かは知らないまま四年という年月を過ごしてきた。

馴《な》れ合うことなく、心を見せ合うこともなく、ただ本能で体だけ重ねてきたと思っていた。だが、そうじゃなかったのだ。今回、彼と思いがけず打ち明けあったことで、それが何かぼんやりと見えたような気もした。

彼の心中にはどうしても埋めることのできない穴がある。壊れてしまい修復のできない部分。両親の死を目の当たりにしたときに、おそらく割れてしまった心の部品が取り戻せないのだ。何人の犯罪者を捕まえても、どれだけこの世の諸悪を取り除いても、彼の心は壊れる前には戻れない。

その悔しさともどかしさが貴文にはわかる。写真を見て苦しみもがく人々の声は、もれなくいきなり壊されてしまった己の命を嘆いている。当然のことだ。だが、彼らとよく似た悲しみの波動が大瀧の心の中にはある。

そのとき、ふと思った。彼は両親の死を目の当たりにしたと話した。だが、本当にそれだけだろうか。刺されて倒れた母親を担ぎ上げようとしていた父親は、なんとか大瀧をその場から逃がそうと建物の裏口に向かって突き飛ばしたという。その間に父親は刺されてしまった。その後、大瀧はどうなったのだろう。

（あの人、もしかして……）

大瀧のことを考えていたとき、幸平がソファの上で膝を抱えるようにして身を縮めている貴文の足にそっと触れてきた。怯《おび》えからビクリと体を緊張させると、幸平は悲しいとも寂《さび》しいともつかない顔になって、小さく首を横に振る。

「怯えないでよ。もうしないから、俺のこと嫌いにならないでよ」

「幸平……」

嫌いになんかならない。なれるわけがない。そういうふうに気持を寄せ合うことはできなくても、大切な友人であることは変わらない。

「俺さ、貴文さんが許してくれるまで待つから。これまでもずっと待って、待って、待ち続けてきたんだ。だから、ちゃんと気持ちをわかってもらえるまで我慢するよ。ただ、あの男だけは駄目だよ。あいつじゃ貴文さんを幸せにできない。だって、ずっとそばにいてくれるわけじゃないんだから」

幸平はそう言うと、少しだけ前に身を乗り出して貴文の立てている膝頭に唇を寄せてくる。その行為にせつなさが滲み出ていて、心がシクシク痛む。けれど、どんなに待ってもらっても、きっと幸平の気持ちに応《こた》えることはできないだろう。

その夜は、一階の仏間に布団を敷いて幸平に泊まってもらった。二階の自室のベッドのシーツを換えて一人横になると、また大瀧のことが思い出される。彼が去ってたった半日でもう恋しいと思っている。でも、幸平の言うように彼はいつもそばにいてくれるわけではない。

『能力を利用できないなら、貴文さんに会いにくる必要もないって本人が認めたってことだよ』

だから、もうここへはこないと大瀧が言ったという。本当だろうか。そんなことはないと何度も心の中で否定するけれど、小さな疑いの種を取り除くことはできそうになった。

◆◆

この時期の雨には慣れた地域でも、思いがけない豪雨によってかなりの被害が出たことは、村人にあらためて災害対策の重要性を考えさせることになった。

こちらの村と駅や温泉場のある村を繋ぐ唯一のトンネルが塞がれたことで、簡単に孤立してしまう現実を思い知らされたのは大きかった。万一に備えて、トンネル以外にも行き来できるよう手段を講じなければというのが市議会の議題に上がっているという。

双方の村は数年前に隣町に合併されて一応「市」の名前はついているものの、どうしても町中の人たちとは暮らしも生活の基盤も違っているので、そのあたりを取りまとめるのはなかなか難しいようだ。

とはいえ、今回はトンネルも三日で無事に復旧し、村の生活は今はすっかり元どおりになった。貴文の畑もまずは溜まった水を出して、土を入れ替えるところまでやった。ちょうど冬を前にして種取りの季節だったのだが、その作業もほとんどおわっていたのが幸いだった。

村の人たちに配るものは少し辛抱してもらわなければならないが、幸平の旅館では薬膳料理を売りにしているので、それが出せないとなると予約にも響いてくる。そういう迷惑をかけたくないので、今は薬局の仕事以外の時間はほとんど畑で過ごしている。

幸平も約束したとおり時間を見つけては手伝いにきてくれる。あの日の夜にあんなことがあったので、二人きりになるのはなんとなく気まずいときもある。けれど、極力なんでもない振りをして接している。幸平もあの日のような真似はとりあえずしないでくれている。

それでも、休憩のときに並んで座っていると、ふと彼の視線を自分の首筋あたりに感じてひどく落ち着かない気分になったりもする。人の気持ちは説得してどうなるものでもない。それはわかっているけれど、貴文は幸平の気持ちには応えられないし、彼には彼に相応《ふさわ》しい人がいつかきっと現れると思うのだ。

「そういえば、あいつの車はどうしたの？」

「諏訪先輩が隣町で運転代行を頼んでくれて、昨日取りにきたよ」

そのときに、彼が置いていった革靴やそれ以外の身の回りのものを後部座席に積んでおいた。他には貴文がストックしていた薬草茶も一緒に入れておいた。きっと捜査で疲れているだろうから眠る前に飲んでくれればいいのだけれど、匂いが独特なものはあまり好まないようだからどうだろうか。

あれ以来、新しい通り魔事件は起こっていない。とりあえず、今のところ四件で止まっている。そのうちの二件のケースで被害者が死亡しており、一件は命は取り留めたものの後ろからの襲撃で犯人を見ていない。四件目の被害者についてはニュースで続報が流れてこないので、容態はわからないままだ。

「それより、畑もほぼ一段落したし、明日からは多分一人で大丈夫だよ」

水を出したり、土を入れ替えたりという力仕事のときは本当に幸平に助けられた。けれど、旅館の仕事もあるのだから、いつまでも彼の手を借りているわけにはいかない。

「俺がこないほうがいい？」

幸平が少し寂しそうに呟く。もちろん、そういうつもりで言ったわけではないから、慌てて否定する。

「そんなことないよ。幸平のおかげでどれだけ助かったかわからない。でも、旅館だってまだ忙しい時期だろう。本業をおろそかにしちゃ駄目だと思うから」

「この薬草畑はうちの旅館にとっても大事だから、これだって本業みたいなもんだ」

「それはそうだけど……」

本当に手伝ってもらえるのはありがたいのだが、幸平の気持ちを受け入れられないからこそ甘えてはいけないと思うのだ。

その日、軽トラックに薬草のストックを乗せて幸平が帰ったあと、貴文は母屋に戻ってシャワーを浴び、いつものように一人の夕食の用意をしていた。そのとき、何気なくテレビをつけたのは一人の部屋がなぜかひどく寂しく感じられたから。

物心つくかどうかの頃に祖父母が立て続けに亡くなり、十歳になる前には母親が逝ってしまった。それからは父親との二人暮らしだった。もともと元気に駆け回るタイプの子どもではなかったし、父親との生活は静かなものだった。

その父も逝《い》ってしまい、一人ぼっちになったときもこれが自分の運命なのだろうと比較的冷静に受け止めていた。だから、寂しくないと言えば嘘になるけれど、それをあまり強く意識することもなかった。なのに、最近はふと一人でいることに言葉にならないせつなさを覚える。

それもやっぱり大瀧の存在のせいだと思うと、これからの自分の人生を思って少しばかりやるせなくなる。そして、テレビの音に寂しさを紛らわせるなんて、なんだか惨《みじ》めな気がしてすぐにリモコンのオフボタンを押そうとしたときだった。

『つい先ほどですが、警視庁新宿署の捜査員によって連続通り魔事件の犯人が身柄を確保されました。もう一度繰り返します。今月に入って都内で連続して起こっていました通り魔事件ですが、今日の午後五時三十分。犯人が都内のアパートにいるところを、捜査員によってその身柄が確保されました』

大瀧が担当していた例の事件だとわかり、貴文は慌ててテレビの前に行く。音量も少し上げてアナウンサーの声に耳を傾ける。映像は都内の下町っぽい町中の古びたアパートの外階段を映し出していた。そこには黄色い規制線のテープが貼られていて、その前でレポーターがまだ緊迫した表情でマイクを握っている。レポーターはややまくし立てるような調子で、犯人逮捕時の様子と逮捕に至った捜査本部の発表の詳細を伝えていた。

『容疑者は山本圭介《やまもとけいすけ》、二十七歳。都内のこちらのアパートで独り暮らしをしており、近くの中華料理店で働いていました。これまでの事件が起こった日時を警察が検証したところ、第一の事件から先日の第四の事件が起きた曜日と時間帯は、いずれも容疑者の勤務時間帯から外れていることもあり……』

レポーターの言葉を聞いて、貴文が思わず「あっ」と小さく呟く。そういうことかと合点がいったのだ。殺害された女性の一人が言っていた中華街の店で嗅《か》いだ匂いというのは、やはり中華料理に使う香辛料の匂いだったのだろう。中華料理店で働いていた容疑者の体や洋服には、中華の香辛料の匂いが染みついていたのだ。

フードを被《かぶ》り自分の容貌《ようぼう》は隠し、さらに背後から襲って姿を見られないようにしていた彼も、自分の匂いには気づいていなかった。彼にとってはあまりにも日常的に嗅いでいる匂いなので、気にもしていなかったのだ。だが、たまたま事件に遭遇する直前に、友人と横浜の中華街へ遊びにいった彼女の記憶にははっきりと残っていたということだ。

『また、容疑者のアパートからは犯行当時に履いていたと思われる血痕《けっこん》の付着したスニーカーなども押収されており、この血液が被害者のいずれかのものと合えば決定的な証拠になると考えられています』

そこで一旦スタジオに映像が切り替わり、アナウンサーが衝撃的な事件の解決を淡々とした口調で繰り返し伝える。

『お伝えします。連続通り魔殺人事件の容疑者が本日午後五時三十分、都内のアパートにて身柄を確保されました』

アナウンサーの言葉の区切りとともに画面には容疑者逮捕時のVTRが流れる。男は灰色のパーカーとジーンズというスタイルだったが、捜査員に囲まれて歩いているうちに被っていたフードが一瞬落ちて、その顔がカメラに映し出される。

確かに色が白く、右頬に赤い火傷《やけど》の跡のような小さな傷があるのがわかった。それもまた、仕事場である中華料理屋の厨房《ちゅうぼう》で負ったものなのかもしれない。

今度ばかりはあまりにも提供できるものが少なくて心配だった。それでも、自分が渡した情報が少しは役立ったようだ。けれど、大瀧をはじめとする警察の執念によって犯人が特定されたのだ。その努力を思うと、自分のやっていることなど本当にささやかな協力だと思う。

（よかった。とにかく、よかった……）

大瀧もきっと胸を撫で下ろしているはず。四人という犠牲者はあまりにも残念だが、凶悪な犯罪をここで喰い止めることができたことは不幸中の幸いだったのだ。そして、貴文もまたテレビの画面を見つめたまま何度も安堵の吐息を漏らしていた。

明日あたり、大瀧から電話が入るかもしれない。これまでも貴文が協力して事件が解決すれば、必ず電話でその報告があった。彼の声が聞けると思うだけで心がせつなさに震える。本当は会いたいけれど、そんなわがままは言えない。

一つの事件が終わっても、また新たな事件が起きてその捜査に追われているかもしれない。彼の仕事は犯罪があるかぎり終わることがないのだ。でも、彼はそれを望んでいるような気がする。犯罪が起きることを望んでいるのではなく、犯罪を取り締まることに追われる自分を望んでいるのだ。

彼はまるで海を漂っている穴の空いた船のようだ。いつ難破してもおかしくない。きっとそれは両親の死を目の当たりにしたあの事件以来ずっとそうなのだろう。だから、自分という船が沈まないために、どこか心を休める岸を求めて懸命に走り続けている。止まれば難破してしまうと、本能が彼を追い立てるのだ。

自分が刑事になった理由は、表向き両親が巻き込まれた事件ということにしておけばいいと言っていた。けれど、それが本当の理由ではないことは彼自身が一番よくわかっているはずだ。

彼はいつかどこかの岸にたどり着き、その心を休める日がくるのだろうか。それはいつで、どこにあるのだろう。それが見つかる日まで、彼はずっと自分を止めることができない。そして、貴文もまたどこか彼と似ている気がした。人とは違う能力を持って生まれて、捨ててしまいたくてもできない。ずっとこんなもの持っていなければよかったのにと思いながらも、ない振りをして生きてきた。

この村でひっそりと生活しているかぎり、それを騒がれることもなく平穏に生きていられるから、寂しさをごまかすことくらいなんでもなかった。でも、いつしか寂しさに震えている本当の自分をごまかしきれなくなっていた。

（ああ、そうだ。あの人もとても寂しいに違いないんだ……）

大瀧が聞いたら何をわかったようなことをと笑い飛ばすかもしれない。けれど、なんだか突然目の前で指を鳴らされたように気がついた。きっとそれが、あの人に心を引きつけられた一番の理由だ。そして、幸平とではけっしてわかり合えない部分なのだろう。

何かが欠けた人間と、何かが余分な人間の寂しい魂同士が共鳴したのかもしれない。だからこそ、抵抗もなく体を重ね合うこともできた。

そのことに思い至って、貴文はまた大瀧を恋しく思う。会いたい。それが無理ならせめて声が聞きたい。こんなに切実に誰かを求める自分がいる。大瀧は今、東京の空の下で何を思っているのだろう。

「児玉先生が腑抜《ふぬ》けちゃって困ったもんだね」

「大物を釣り上げる前に、この間の豪雨で川釣りが禁止になっちゃったからなぁ。春まであの調子じゃ、診療所に行ってもかえって元気がなくなりそうだ」

貴文の薬局で処方箋を待っている間、今日も年寄りたちが世間話に精を出している。どこが悪いというわけでなく、常用している薬を取りにきているだけなので、もしかしたら趣味の釣りができずに腐っている医師の児玉より元気かもしれない。

先の豪雨で川が氾濫《はんらん》し、上流から大きな岩が流れ落ちてきたこともあり、市のほうで釣り人の立ち入りを禁止してしまった。なので、冬に入る前に渓流釣りの季節が終了してしまい、児玉がすっかりしょげ返っているらしい。

「それでも、命があっただけめっけもんだよ」

「そうそう。あの日の午後だって川にいたって言うんだから、あの老いぼれ先生は本当に強運の持ち主だ」

普段から児玉がいるからこの村で生活できると感謝しているが、その半面気心が知れている分だけ遠慮のない言葉が飛び交っている。

そういえばあの日の午後は貴文が倒れて、幸平が大急ぎで児玉を川から呼び戻したのだ。もし、そうでなかったら、大物が釣れるまでと粘っていて鉄砲水に巻き込まれていたかもしれない。そういう意味では、確かに運がよかったと言えるだろう。

「渡邊さん、田中《たなか》さん、二人ともお薬手帳持ってる？」

二人の薬を揃えてそれぞれのトレイに入れ、貴文がカウンターで声をかける。児玉の話でひとしきり盛り上がっていた二人が手帳を持ってやってきたので、今回出した薬のシールを貼って自分の印鑑を押す。

「田中さんは血圧を下げる薬が今回から包装が変わっているけれど、中身は同じだから。これまでどおり朝夕の一日二回服用してね。それから渡邊さんのほうはいつもどおり。あと、膝が痛いっていうことで軟膏《なんこう》が出ているけど、わりときつい薬だから痛むときだけ塗ってね」

貴文がそれぞれの薬を説明して薬袋を渡すと、二人を見送ってから処方箋室に戻る。そして、棚とテーブルの片付けをして、パソコンにデータを打ち込んでから次の客がくるまで背もたれに体をあずけてぼんやりと天井を眺める。

事件が解決してから二週間が過ぎている。村はすっかり晩秋から冬の様相になりつつある。朝晩の冷え込みも厳しくなってきて、風邪で診療所に行く患者も増えてきた。

秋雨の季節は過ぎたが、これからは積雪量を案じることになる。ここらは信州の標高の高い山からは少し距離があるので、比較的雪の量は少ない。ただ、昨今は先の豪雨のように思いがけないドカ雪が降ることもある。一昨年はそれでやっぱり村の交通が麻痺《まひ》して大変なことになった。

今年は比較的暖冬だという気象庁の予報だが、それでも油断はできないだろう。けれど、そんな気候の心配よりも貴文の心を乱していることがある。

あれからというもの、大瀧からの連絡がない。いつもなら電話で事件解決の報告があるし、どんなに忙しくてもメールくらいは入る。なのに、今回にかぎってはまったく連絡がないのだ。

また新しい事件に追われているのだろうか。テレビのニュースをなんとなく眺めているが、特に世間を騒がせているような事件はない。もちろん、大きな事件ばかりを担当しているわけではないだろう。捜査本部を設けるような事件もあれば、日々の取り締まりに近い事件もあると思う。

それにしても、まったく音信がないというのが奇妙だった。そういうのは、ああ見えて律儀な大瀧らしくないと思うのだ。

こんなに気になっているのなら自分から連絡してみようと思ったりもした。でも、どうしてもそれができない。考えてみたら一度も自分から大瀧に電話を入れたことはないのだ。

メールも向こうから入ったときに短く返すくらいだ。自分から何かをたずねたりすることもないし、まして意味のない近況報告などしたこともない。

あの豪雨の夜、自分たちは腹を割って話したと思ったけれど、結局はこんなにも希薄な繋がりでしかなかった。そう思うと、悲しさや寂しさを通り越して自分が滑稽《こっけい》な気がしてくる。

自分が思っているほど大瀧は貴文のことなどなんとも思っていない。彼は都会の真ん中で生きていける男なのだ。難破しそうでもしない。心安らかに休める岸など見つからなくても、走り続けてさえいればいいと思っているのかもしれない。

そんなことを考えて自嘲《じちょう》的な笑みを浮かべたとき、貴文の携帯電話が鳴った。ハッとしてテーブルの上に置いてあったそれを摑《つか》み取る。着信案内を見ると、それは幸平からだった。ちょっと呼吸を整えてから電話に出ると、幸平はいつもと変わらない様子で畑に新しく植えた薬草の成長具合を確認する。

「今のところ順調だよ。うまく冬を越せたら、春にはまた新鮮なものを提供できると思う」

『そうか、よかった。で、貴文さんの体調は？　市立病院の結果はどうだったの？』

それが心配でかけてきてくれたのだ。だが、当の本人の貴文はそんなことはすっかり忘れていた。トンネルが開通してすぐに隣町の市立病院まで検査を受けにいき、昨日の午後にその結果を聞きにいってきたところだ。

だが、検査結果は特に異常は見られないという、児玉の診断となんら変わらないものだった。どの数値も基準値内で、ＭＲＩ検査、心電図、胸部Ｘ線検査も問題がなかった。そのことを伝えると、幸平は安堵したように明るい声で言う。

『よかった。本当によかった。これからはもう能力なんか使わなくていいよ。そんなことをしなければ、きっと貴文さんは大丈夫だ』

幸平はどうしても能力を使うことと体調不良を関連づけて考えたいようだ。だが、貴文は直感でそれは違うと思っている。そして、そのカンは外れていないはず。けれど、それを幸平に力説しても仕方のないことだ。

明日にでもまた畑の手伝いにいくという幸平の電話を切って、貴文は重い溜息を一つ漏らす。そのときふと思い出した。

『俺が聞いたら貴文さんのことなんかなんとも思ってないって言ってたよ』

どういうつもりで貴文のところへきているのかと問えば、大瀧は貴文の力を借りたいだけと答えたというのだ。そして、もう二度と村にはこないとも言っていたという。

『能力を利用できないなら、貴文さんに会いにくる必要もないって本人が認めたってことだよ』

幸平から聞かされたとき、そんなはずはないと思ったし信じるつもりもなかった。けれど、こうして大瀧からの連絡がずっと途切れたままになっていると、もしかしたら本当にそのつもりなのだろうかと不安が心に過《よ》ぎる。

（そんなはずない。そんなはずはないから……）

あれはきっと幸平が少し大げさに言っているだけ。もともと大瀧のことを快く思っていないし、このまま村にこなければいいという彼の願望が多分に入っているのだ。

でも、そう思おうとすればするほど貴文の気持ちは揺れる。やっぱり自分から電話してみようか。そう思って携帯電話を手にしたときだった。薬局のドアが開いて、ドア上部のストッパーにぶら下げている鈴がチリンチリンと鳴った。

「貴ちゃん、お薬お願い」

やってきたのは内田《うちだ》のお婆ちゃんだった。彼女も常用している薬があるので、二週間に一度は必ずやってくる。

処方箋を受け取り、薬を準備して、いつものように世間話などしてから店の外まで見送りに出る。

「冷えてきたから、風邪引かないようにね。早めにインフルエンザの予防注射を打ってね」

貴文の言葉に頷きながら元気に歩いていく彼女は、今年で七十二になる。十年ほど前にご主人に先立たれて独居状態だが、たまに訪ねてくる娘夫婦と孫の顔を見るのが楽しみだと言っている。

ずっと若い貴文も独居だが、訪ねてくるのは大瀧くらいだ。でも、その大瀧ももうここへはこなくなるとしたら、急に自分の孤独を嚙み締めてしまう。なんだか、世界で一番寂しい人間のような気持ちになって、店のドアにもたれたまま薬草畑の向こうに続く長い道を眺める。

誰もやってこない長い長い一本道。それはまるで貴文の孤独の象徴のような気がした。

◆◆

都会ではまた今日も事件が起きている。人が多ければ多いほど、それだけ軋轢《あつれき》もあり不穏な気が渦巻《うずま》き、当然のように犯罪も増えるのだろう。

そして、村は今日も平和だ。その昔この村で起きた唯一といってもいいあまりにも忌《い》まわしい事件。あの誘拐事件の被害者だったアキちゃんの家族は犯人が捕まって数年後に村を出て、関西のほうへ移住してしまった。なので、悲しい事件があったことも今ではすっかり風化してしまっている。

同時に、貴文が奇妙な能力で事件を解決したことを記憶している人もほとんどいない。ここ数年、大瀧に協力していることを知っているのも、諏訪や幸平といったごく限られた人間だけで、この村にいるかぎり貴文は普通の人間として生きていくことができる。

週末の朝、貴文は朝食を終えたあとすぐに作業着に着替えて道具小屋に行った。十二月に入ると除雪などの作業に追われる。今のうちに採った種の整理をしておかなければならない。

道具小屋にも石油ストーブは置いてあるが、簡易な建物だから隙間風が入ってきて寒い。しっかり防寒しておかないとすぐに風邪を引いてしまう。村のお年寄りに「風邪を引かないように」と口を酸っぱくして言っておいて、自分が引いていたら話にならない。

それに、精密検査で異常なしという結果をもらったものの、近頃はまた眩暈《めまい》がしたり体がだるく重かったりする日があるのだ。今朝の目覚めもけっしてさわやかなものではなかった。朝食前に滋養強壮にいい漢方茶を飲んで、少しは血の巡りがよくなったのか今はいくぶん楽になったけれど、やっぱり自分の体は何かがおかしいような気がする。

能力と体調は関係ないと思うのだが、この状態を生み出しているのはあきらかに精神的な問題だと思う。そして、その一つが大瀧のことだ。彼からの連絡は今もない。

考えても仕方がない。これまでもそうだったように、これからも自分から連絡することはできないだろう。だったら、やきもきしても始まらない。大瀧はくるときはくるし、こないならきっとこのまま彼との関係もそれで終わるというだけのこと。

そう思って道具小屋で種の整理をしていると、小屋の少しだけ開かれた引き戸をノックする音がした。貴文が作業の手を止めて扉を引いて顔を出すと、そこには役場に行くときよりはカジュアルな格好をした諏訪が立っていた。

「おはようございます。役場が休みなのに早いですね」

「子どもらが朝から大騒ぎで、寝てなんかいられないから逃げ出してきた」

家庭を大事にしている諏訪だから、それは冗談として何か用事があるのだろう。案の定、何かのファイルと帳面を出してきて、その中から引っ張り出したプリントを貴文に手渡す。どうやら、村の運営に関する相談ごとのようだ。

風が冷たいので道具小屋の中に入ってもらい、ストーブの前で二人して丸椅子に腰かける。そこで貴文は渡されたプリントに目を通すと、村の青年会のメンバーになってほしいという案内だった。若い者が少ない村だから、二十代、三十代の者はもれなく何かの役割を引き受けている。

だが、貴文の場合は農業に携わっているわけでもなく、温泉場の旅館組合にも無縁で、これまでは診療所関係の行事のときには必ずアシスタントとして手伝いに入るということで、肩書きのある役割は割り振られていなかった。

「今回の豪雨の件もあって、もっとあっちの村との連絡網も密にしようってことになってさ。一ヶ月に一度意見交換会を開くのと、あとは年末年始の行事くらいつき合ってもらうことになるけどな」

年末年始の行事はもとより、意見交換会も最後には一杯飲んでという流れになることが多いのは知っている。だから、あまり気の進まない話だが、村の一員として参加を断わることもできない。

貴文が引き受ける旨を伝えて、その場でプリントに名前を書いて渡すと、諏訪は安堵の笑みを浮かべる。若い者を取り仕切る役割をまかされている彼にも、いろいろと苦労があるのだろう。中にはこういう面倒なつき合いはしたくないと突っぱねる者もいて、そういう連中を説得するのも彼の仕事のうちなのだ。

主要な話が一段落してからも諏訪は何か聞きたそうにしてチラッとこちらの様子をうかがっている。彼らしくない態度だと思って貴文が首を傾《かし》げてみせると、諏訪が遠慮気味にたずねる。

「あのさ、大瀧のことなんだけど、こっちに何か連絡がきてるかな？」

いきなり大瀧の名前が出てドキッとしたが、諏訪との会話なら当然名前が出ても不思議ではない人だ。だが、貴文のところへはまったく連絡はない。むしろ諏訪のところには何か事件解決後の一報が入っていたのではないだろうか。

実は、貴文のほうから諏訪にそのことを確認したかったのだが、それを口にすれば自分のところに連絡がないことを知られてしまうと思いなんとなく躊躇《ちゅうちょ》していたのだ。

諏訪は幸平と大瀧のやりとりの件を知らないはずだ。あの日、橋の近くの山道まで大瀧を送っていったとき、二度と貴文にかかわるなと言われ、大瀧もそのつもりだと答えたという。

実際のところ、二人がどんな会話を交わしたのかはわからない。よしんば二度と貴文に会いにこないと約束したとしても、大瀧の本当の気持ちは直接聞いていないからわからない。

そのことで貴文もずっと気持ちの整理がつけられずにいたのだが、諏訪はそういう事情を抜きにして単純に自分のところへも連絡がこなくて、大瀧のことを案じているというのだ。

「あいつ、ぶっきらぼうだけど生真面目《きまじめ》で律儀なところがあるだろう。そういう連絡は欠かさないと思うんだよ。俺のところへ立ち寄らなかったときなんかは仕方ないけど、貴文には一応連絡があったんじゃないのか？」

「これまでは確かにありました。でも、今回は……」

事件解決の報告も何もないと小さく首を横に振った。あの豪雨の日に無事向こう村の駅までやってきたという電話が最後の連絡になったままだった。

「そうか。俺のところに連絡がなくても、貴文に連絡していればいいと思っていたんだが、貴文も何も言わないからなんかおかしいと思ったんだ。ああいう仕事だし、一つの事件が終ってもまた次の事件って追われて、忙しいのはわかるんだ。でも、なんか今回ばかりいやな予感がする。虫の知らせみたいな感じかな」

「諏訪先輩、そういう縁起でもないことは言わないでください」

貴文が思わず心細げな声で言ったら、諏訪は頭をかきながら申し訳ないと謝る。だが、諏訪に謝ってもらうことでもない。事実、貴文も同じことを内心案じているのだ。自分が嫌われただけならいっそいい。もう能力を必要としないと言われるのも、それはそれで彼のやり方があるのだから仕方がない。

だが、こうして何週間も連絡がなくなって、自分の中で諦《あきら》めがついてからまたぞろ不安が込み上げてくるようになったのだ。それは、何かやむを得ない事情があって連絡を入れられないのかもしれないということ。

「俺、また近いうちに東京に行く用事ができそうなんで、そのときにあいつに連絡入れてみようと思うんだ。渡したいものもあるし。送ってもいいんだけど、直接渡して顔を見て話せばいろいろと安心できるかなって思うし……」

「渡したいもの？」

貴文がたずねると、諏訪が持っていたファイルの中から茶封筒を出してきて差し出す。少し厚みがあって、サイズからして写真だとわかった。

「市の道路整備課のほうから参考資料としてほしいって言われた写真の中に大瀧が写っているのが数枚あってさ。ちょうどいいからそれをあいつに渡してやろうと思って。楽しい思い出じゃないだろうけど、滅多《めった》にない経験だっただろうから」

それはトンネルの出口で山崩れが起きたときの現場写真だった。トンネル内に大量に水が流れ込んでこないよう、土嚢を積む作業をしているところの写真が何枚かあった。そのうちの一枚に作業を手伝う大瀧の姿も写っていた。

村にとっては災難だったが、幸い災害被害に遭った者はおらず、家屋などの倒壊も免れた。今となってはなんだか大変でいて不思議な一日だった。

「ん……っ？」

写真に写った大瀧の姿をじっと見ていた貴文だが、なんだか奇妙なものが見えた気がして思わず首を捻った。すると、諏訪も一緒にのぞき込んできてたずねる。

「どうかしたか？　あっ、そうか。写真は駄目か。っていうか、いろいろ見えるのか。でも、そこに写っているのは全員ピンピンしている連中だから大丈夫だろう」

確かに、三人の姿があって、一人は諏訪で、もう一人の田原《たはら》もこちらの村に実家があり役場の環境課に勤めている人だ。そして、その横にいるのが大瀧だった。レインコート姿でトンネルの中なのでフードは下ろしている。三人してトンネルの状態を確かめているところで、カメラマンはほぼ正面から彼らを捉《とら》えている。

諏訪の言うように三人は皆生きている。写真が何かを語りかけてくることはない。

（でも、おかしい……）

心の中で呟くとほぼ同時に、貴文はひぃっと小さな悲鳴を上げて写真を落としてしまった。

「どうしたっ？　貴文、おい、その写真がどうかしたのか？　何か変なのか？」

そう言いながら、床に落ちた写真と貴文の顔を交互に見ている。だが、諏訪の問いかけにすぐに答えるわけにはいかなかった。どう考えてもそんなことはおかしい。

諏訪と田原の姿はそのままで、ごく普通の写真なのだ。なのに、大瀧の姿だけが薄い墨の色に滲んでいく。もともと暗いトンネルの中で撮ったもので、他の二人がオレンジ色のレインコートを着ているのに対して大瀧だけが濃紺のレインコートだ。

そのせいで全身が黒っぽく見えるのかと思ったが、どうもそうではない。顔の部分も溶けるように輪郭が曖昧《あいまい》になっていく。それはそれで奇妙なのだ。亡くなった人なら、もっとドス黒く塗り潰《つぶ》されたようになっていく。それが不幸で理不尽な死であれば、見る見るうちに苦悶《くもん》の表情に変貌していき、やがては悲愴《ひそう》な思いを切々と訴えてくる。

だが、大瀧の姿はそうではない。これでは生きているとも死んでいるとも判別できない。だが、大瀧が普通の状態ではないことは間違いないと思う。

「す、諏訪さん、大瀧さんに電話しみてくれませんか？　今すぐに」

「えっ、電話？　ああ、いいけど。でも、どうしたんだ？　おい、もしかして大瀧の写真に何か見えたのか？」

「わかりません。よくわからない。でも、普通じゃない。こんなのは初めてで……」

すっかり戸惑っている貴文を見て、諏訪も焦って自分の携帯電話をジャケットのポケットから取り出し、大瀧の番号にかけている。だが、ほんの数秒で首を横に振る。

「出ない。留守電にもなっていない」

電波が届かないところか、電源が入っていないというアナウンスが流れてくるというのだ。彼の場合週末が休みの仕事ではない。捜査の最中なら電源を切っている可能性もある。だが、このタイミングで連絡がつかないというのがなんとも気にかかる。

いつしか座っていた丸椅子からも立ち上がり、二人はしばし黙り込む。互いにどうしたらいいのか考え込んでしまっていたのだ。そして、諏訪のほうが先に口を開いた。

「なぁ、大瀧の写真、本当にヤバイのか?」

そう言われて、怖かったけれど貴文はもう一度諏訪が拾い上げた写真を手にしてじっくりと見る。大瀧の顔は薄く淡く滲んで消えそうになったかと思うともとの姿に戻り、見つめているとまたその姿が曖昧にぼやけていく。貴文は懸命に彼の声を聞こうと耳を傾けるが、何も聞こえてこない。

「やっぱり、おかしい。きっと普通じゃない。こんな写真は絶対におかしい」

貴文は青ざめた顔で泣きそうになりながら訴えた。それを聞いた諏訪が貴文の顔を見てきっぱりと言った。

「よし、行こう。直接、奴に何があったのか確かめに行こう」

「えっ、今から?」

「そうだ。ちょうど週末だし、どうせそのうち写真を渡すついでに会いに行こうと思っていた。だったら、今日行ってしまえばいい。貴文、おまえもくるだろう?」

いつも柔和な表情で優しげな物言いをする諏訪が、このときばかりは強い口調で問いかけてきた。それは彼が貴文の能力を信じていて、友人である大瀧を本気で心配しているから。だからこそ、このままにしてはおけないと思ったのだろう。

「わ、わかりました。行きます。一緒に東京へ。大瀧さんに会いに……」

貴文はそう言うと、もう一度大瀧の写真を見て唇を噛み締める。彼に何が起こっているのか、諏訪と同じように貴文も確かめずにはいられない。もしかしたらもう二度と会えないかもしれないと思ったりもしたけれど、このまま終わりにしたらきっと後悔する。

ほしくもない能力を与えられたことを不本意に思い、ひたすら隠し続けてきた。そして、この四年間は事件解決のために力を貸してきた。けれど、今度ばかりは大瀧のためにこの力を使おう。それは生まれて初めて、貴文が本気で自分の能力と向き合おうと思った瞬間だった。


車は諏訪が出してくれた。貴文の軽自動車では高速走行がきつい。諏訪の二千CCクラスの車なら、道さえ込んでいなければ三時間半ほどで東京に着く。

「週末なのに奥さん、怒っていませんでした？　茜《あかね》ちゃんと悟《さとる》くんもお父さんと遊びたかっただろうし」

「事情を話せばわかってくれたさ。人の命がかかっているかもしれないってときに、家族サービス優先なんてごねるわけにもいかないだろう」

普段から家族を大切にして、週末ごとに子どもたちをどこかへ遊びに連れていき、奥さんにも家事を休ませて外食をするなど家族サービスに余念がない。だからこそ、こういうときに家族もちゃんと納得して送り出してくれるのだろう。

「それより、今は大瀧のことだ。いったい何があったんだろうな。まったく訳がわからんが……」

大急ぎで出かける用意をして村を出発する前に、諏訪はもう一度彼の携帯電話にかけてみたが結果は同じだった。仕方がないので、少々憚《はばか》られたが警視庁新宿署の刑事課に電話を入れてみた。プライベートの電話は繋いでもらえないかと思ったが、受付で名前を告げれば簡単に大瀧の所属する一課に電話を回してくれた。

だが、そこで出た同じ課の人に、大瀧は外出していると言われてしまった。念のため今日は戻ってくるのかどうかたずねたが、定かではないとのことだった。

捜査に出ているのなら、いくら友人とはいえその詳細を外部の人間に話すわけはない。取りつくシマもないとは思ったが、一応伝言があれば聞いておくと言われたのでこの週末に東京に行くので、時間が許せば会いたいとだけ伝えてほしいと残しておいた。

「まぁ、あの調子じゃ、伝言が大瀧に伝わるとも思えないがな」

ハンドルを握りながら諏訪が言うので、助手席の貴文も頷くしかない。考えてみれば、これまで大瀧のほうが村へ足を運んでくるばかりだった。彼はあの村での貴文の生活を知っているが、貴文は大瀧の東京での生活を何一つ知らない。

そればかりか、彼は刑事であり、国家権力のもとで働いているのだ。一般の企業人とは違いその行動には多くの秘密がある。それは理解できても、こうしてその身を案じて連絡を取りたいときでさえままならないのだ。

もし貴文に特別な能力がなければ、こんなふうにヤキモキすることもなかっただろう。けれど、この写真だけでもはっきりとわかる。大瀧の身にはきっと何か起こっている。それも何かよからぬことだ。貴文が見る黒い影には死がつきまとう。

彼の声は聞こえないから、まだその命が尽きていることはない。けれど、彼の命を蝕《むしば》む何かが近づいていることは間違いない。

「あの人はずっと死の近くにいるから……」

貴文がボソリと漏らした言葉に、運転している諏訪がぎょっとしたようにこちら見て、すぐに前へと向き直る。

「おいおい、俺に縁起でもないこと言うなって言っておいて、おまえのほうが物騒なこと言うなよ」

この場があまり深刻にならないように、諏訪はわざと笑い飛ばそうとしてそんなふうに言う。もちろん、その気持ちはわかるけれど、貴文は冗談にしてしまうつもりはなかった。

誰かに言わずにはいられない。でも、誰にでも言っていいことではない。ただ、諏訪なら大丈夫だ。諏訪はそういう意味では誰よりも信用できる。

「本当にそうなんです。あの人はあのときからきっとものすごく死に近いんです」

「あのとき？」

「諏訪先輩も聞いているんでしょう？　大瀧さんのご両親が事件に巻き込まれて亡くなったことを」

「あまり詳しくではないけどな」

それでも、人の噂《うわさ》などで大瀧が子どもの頃、たまたま立ち寄ったガソリンスタンドで薬物中毒の男に襲われたということは知っていた。ただ、真実はそれだけじゃないはず。

「あの人、きっとそのときに襲われている。刺されて命を落としかけている……」

「な、何、それ？　おまえは聞いたのか？　あいつがそう言ったのか？」

貴文はそうじゃないと首を横に振った。こちらを見ていなくてもそのジェスチャーを諏訪は目の端で捉えていただろう。

「じゃ、なんでそんなことがわかるんだ？　それもおまえの能力か？　写真で人の生死を見分けるだけじゃなくて、そんなこともできるのか？」

それも違うともう一度首を横に振ってから言った。

「大瀧さん、刑事になったのも犯罪を憎んでいるのも、自分が生きていくためだから。あの人、そうでもしていないと死んでしまうんです。ご両親を失って、自分も刺されて、それで人生が終わったと思ったんでしょうね。でも、あの人は助かった。自分だけ助かったことで、一人でこの世に置いてきぼりにされた気持ちになったのかもしれない」

「そうなのか？　でも、だとしたらせっかく命を取り留めたんだし……」

その命を大切にして生きていけばいいというのは、他人だから言える言葉だ。もちろん、伯父《おじ》夫婦に引き取られ、何度もその言葉を聞かされて大瀧自身もそうするべきだと思ったのだろう。それこそが両親の供養になると自分に言い聞かせたと思う。

けれど、それとは違う心の奥深い部分で、まだ子どもだった大瀧が怯え震えているのだ。一人になるくらいなら一緒に連れていってほしかったと両親に向かって手を伸ばす姿が、貴文の脳裏には浮かんで消える。それは、あの瞬間の、まさに刹那《せつな》の心の叫びだった。

いっそ死んでいればよかった。本当は死にたかったのに。人は何かに追い詰められたとき、そんな言葉を口にするときがある。そのほとんどが言葉だけのことで、それくらい今の自分は苦しいと訴えたいだけのこと。けれど大瀧はちがう。本当に死を垣間見た彼の心の中には、その死の影が今もまだ巣喰《すく》っているのだろう。

それが、ふとした瞬間に顔を出す。そんなとき、彼は限りなく死の世界へと引きずり込まれているのだ。そして、今もまた彼はひどく死の世界に近づいている。事情はわからない。けれど、彼の写真があんなふうに見えるのは、大瀧の生命力が落ちているからに違いない。

それでも、まだ彼の命の灯《ひ》は消えてしまったわけではない。それは確かにわかるから、こうして東京へと急いでいる。

「大学時代から複雑な奴だったよ。言っただろ、女にはやたらともてるって。実際は女にかぎらず、男でもあいつの友達になりたがっている奴は多かった。歳のわりに落ち着きがあるし、頭は悪くないし、何より見た目がいいし、友達って名乗れたらそれだけでちょっと得意な気分になれるような男だったからな」

諏訪の言葉はなんとなく理解できる。確かに、大瀧には人の心をわしづかみにする独特の雰囲気がある。本人は口数も多くなくぶっきらぼうなのに、そういう男だけに彼に友達と認めてもらえればなんだか嬉しく感じられたのだろう。

「諏訪先輩はそんな上っ面だけの連中と違い、本当の友人だったということですよね」

貴文が言うと、諏訪はちょっと照れたような顔になったがすぐに首を傾げる。

「よくわからん。特別ウマが合うとかではないと思ったけど、なんか一緒になることが多くてさ。気がつけば、けっこう話しているほうだった」

それは多分、諏訪の裏表のない真っ正直な性格を大瀧が好んだからだろう。大瀧が複雑なだけに、正反対の諏訪の存在は彼にとって一緒にいて心地がよかったのかもしれない。貴文がそのことを言うと、諏訪がちょっと肩を竦めて笑う。

「褒められているのかどうかわからんが、性格が正反対なのは事実だからそうなのかもしれんな」

村を出るときからずっと緊張していた二人だが、ここにきて少しだけ笑みも漏れて、逸《はや》る気持ちも落ち着いた。

週末とはいえ道はそれほど混んでいなかったので、ほぼ予定どおり三時間半ほどで都内に入った。村を出たのが九時前なので、昼を過ぎたばかりの都心は人で溢《あふ》れ返っていた。

「時間は関係ないから。この街は朝だろうが、深夜だろうが人で溢れているんだ。いわゆる眠らない街ってことだ」

初めて東京にきた貴文は、車の窓からポカンとその忙しげな様子を眺めるばかりだ。だが、諏訪にとっては勝手の知った街で、大学時代の思い出の街でもあるのだ。

「若い頃には刺激的で面白い街だったけど、俺は住みたいとは思わなかったな。ここにいると自分がなくなってしまいそうで不安になる。就職活動は断然東京のほうが有利だったが、今の選択を後悔はしてないよ。俺は生まれ育った村が好きだから」

これが諏訪でない誰か、たとえば幸平とかなら少しは強がりもあるのかなと思っただろう。だが、諏訪の場合は本当にそう考えて、地元に戻り公務員試験を受けて役所に入ったのだということがわかる。

貴文は窓から眺めているだけで、この街の喧騒《けんそう》に呑《の》み込まれそうで怖くなる。自分はやっぱりあの村で薬剤師をして薬草を育てているのがいいと思った。

多くの人が行き交う道を眺めているうちに、諏訪は高いビルが建ち並ぶ広々とした道に出たかと思うと、その近くのコインパーキングに車を入れた。

「さてと、東京にはきたもののどうするかだ。とりあえず、もう一度あいつの携帯と新宿署のほうへも電話をしてみるか」

だが、どちらの試みも結果は同じで、大瀧本人を捕まえることはできなかった。そうなると、いよいよ二人の心の中で不安が募ってくる。

「こうなったら、直接当たってみるか」

「直接って？」

「ダメもとでも署に行くしかないだろう」

そう言いながら諏訪が車を降りたので、貴文も一緒についていく。電話に出ないなら、直接行っても無駄な気もする。だが、ここまできて何もできないままというのも悔しいので、諏訪は持ってきた写真を口実になんとか中の人間に接触しようと考えているようだ。

「大丈夫かな？　いきなり行っても相手にされないような気もしますけど……」

「だから、ダメもとってことだ」

都内になれていることもあるし、いざとなれば度胸の据わった真似ができる。こういう器の大きさがあるから、いくつになってもやんちゃな幸平も彼の言葉ならちゃんと聞き入れるのだ。

諏訪は駐車場から歩いて数分の高く白いビルの前に立つと、心配するなとばかり貴文の肩を一つ叩く。そして、建物の中に入るとすぐに受付案内を見つけてそこで刑事課の人間に会いたいのだが、どこへ行けばいいのかと訪ねていた。

警察の紺色の制服を身に着けた女性はにこやかな笑顔だが、諏訪に訪問の理由をたずねてアポイントメントはあるかどうか確認していた。こういうところは一般の企業と変わらないようだと、妙なところで納得してしまった。

「いや、ちょうどこちらにくる予定があったので、大学時代の友人の顔を見ていこうかと思ったんですよ。ちょうど渡したいものもあるので。ただ、本人の携帯電話に連絡を入れても出ないんですよね」

「刑事課の者は捜査に出ているとき、携帯電話の電源を切る必要がある場合もありますのでね。では、こちらで預かっておきましょうか？」

「一応、同じ課の方に聞いてみてもらえませんか？　署に戻っているようなら直接渡したいし、顔も見たいし」

諏訪はできるだけ屈託ない様子で、それでもさりげなく刑事課へ連絡を取らせようと試みる。こういうときは彼の人好きのする雰囲気が大いに役立っている。本人は無自覚かもしれないが、どう見ても腹に何か抱えているようには見えないし、実際彼は何を企《たくら》んでいるわけでもない。ただ、大瀧に会って彼の無事を確認したいというだけのことなのだ。

ハラハラしながら後ろでそのやりとりと聞いている貴文のほうがよっぽど落ち着かなくて、周囲から見れば不審な人物に映っているかもしれない。あるいは、単に田舎者が迷い込んだと思われているかもしれないが、それならそのほうがいい。

「少々お待ちください。刑事課へ連絡を入れてみますね」

若い婦警は愛想よく言うと、内線電話の受話器を取ってボタンを押している。その間にも諏訪は、自分が信州の××村からきたと伝えてくれと告げている。自分たちの村の名前を告げることに意味があるのかどうかはわからないが、身元をはっきりさせれば相手の警戒心が解けるのは間違いないだろう。

ほんの数十秒待ったところで、婦警が受話器を置いて申し訳なさそうに言う。どうやら首尾はよろしくなかったようだ。

「やっぱり捜査に出ているということです。荷物はこちらに預けてくれれば、本人がきたときに渡しますので、それでよろしいですか？」

遠路はるばるきた友人を門前払いするようで、彼女も少々恐縮しているのだろう。こちらもダメもとで当たってみただけなので、ここらが引き際だと思った。

「それじゃ、これをお願いします」

例の写真の入った茶封筒に、その場で借りたペンで「大瀧様」と宛名と書き、裏には村名と自分の名前を記載して婦警に差し出した。

貴文も肩を落としていたが、それでも諏訪はよく頑張ってくれたのだ。二人してこれからどうするか相談しながら、重い足どりで建物を出ようとしたときだった。

「ちょ、ちょっと待ってくれ。大瀧の客の人たちですよね？　ちょっと待ってくれないかっ」

いきなり背後から声をかけられ、振り返ると体格のいい少々いかつい顔の男がこちらに向かって駆けてくる。なぜ呼び止められているのか訳がわからないまま、二人が足を止めるとそこへ男がちょっと息を切らしてやってくる。

「ああ、よかった。間に合った」

「あの、わたしたちに何か？」

諏訪がたずねると、男は二人の顔を交互に見て訊《き》いた。

「あんたたち、××村からきたって言ったよな？」

確かに、さっき受付の婦警にそう伝えた。

「それって、大瀧がときどき訪ねていっていた村のことだろ？」

その言葉に諏訪と貴文が顔を見合わせる。そんな二人を前にして、男は自分の警察手帳を出してきて開いて見せる。

「宮田《みやた》という。大瀧と同じ捜査一課だ。彼とはだいたい組んで行動しているんだが……」

その言葉を聞いたとき、諏訪と貴文が見合わせていた顔を同時に宮田へと向ける。

「大瀧さんの同僚の方なんですね？　あの、大瀧さんは、彼は大丈夫なんですか？　何か危険な目に遭って……」

　思わず貴文が焦ってたずねようとすると、諏訪がそれを片手で軽く制した。貴文に落ち着くようにという合図だった。そして、あらためて宮田のほうへ向き直ると、冷静な口調でたずねる。

「確かに、わたしたちは××村の出身で、大瀧はたびたび村にきていましたよ。宮田さんはその事情をご存じなんですか？」

「大学時代の友人がいるという話で……」

「それがわたしです。諏訪といいます。そして、こっちが村で薬剤師をしている霧野《きりの》貴文くんです。大瀧はわたしに会いにくるというより、彼に会いにきていたんです」

　そこまで諏訪が話したところで、三人の間でしばしの沈黙が続いた。なにしろ、大瀧が村を訪れていた事情が事情だ。どこまで話を聞いているのかわからないし、よしんば聞いていても信じているかどうかはわからない。

　宮田が四角い顎を片手で押さえ、小さく呻き声を漏らした。そして、チラリと貴文のほうを見る。大瀧と同じ、刑事独特の鋭い目つきだった。だが、けっして貴文を威嚇しているものではない。どこか探るようでいて、何か縋《すが》るようにも見える視線だった。

「今、時間はあるだろうか？　ちょっと話を聞きたいんだ」

「どういうことですか？　捜査絡みのことですか？　たった今田舎から出てきたばかりのわ

たしたちに何を聞こうと……」

「あっ、いやいや、事情聴取とかじゃない。あくまでも大瀧の友人として、彼について教えてもらいたいことがあるだけだ」

諏訪が貴文の顔を見る。視線で「いいか？」とたずねているのがわかったので、貴文も黙って頷いた。二人が承諾したところで宮田が今一度建物の中へと案内し、その足で小さな応接室に通された。

六人がけのテーブルと白板があるだけの部屋で椅子を勧められ、宮田と向き合って座る。そこでもまず諏訪が宮田に確認をする。

「一緒に捜査に当たっている宮田さんのほうが大瀧についてはよくご存じだと思うんですが、わたしたちに聞きたいことというのはなんでしょう？」

役場勤めの諏訪はこういう場でも落ち着いて話を進めることができる。貴文が一人できていたら、もうおどおどしているばかりで埒《らち》が明かなかっただろう。諏訪に一緒にきてもらって本当によかったと思った。

宮田も諏訪の話しぶりを聞き、大瀧の友人ということもあり、そこでようやく腹を割る覚悟をしたようだ。

「大瀧が難事件に直面した際、捜査を抜けてどこかへ行くことは前からわかっていた。そして、戻ってきたかと思うと、なぜか一気に手詰まりだった捜査が動き出す。最初は奇妙に思っていたが、そのうち彼がふらりと姿を消していることに理由があるんじゃないかと思うようになった」

「この際ですから、前置きは省きましょう。宮田さんはどこまで大瀧から聞いているんですか?」

するとと、彼は一旦口を閉ざしたものの、一つ唸ってから答えた。

「ほぼすべて聞いている。大学時代の友人が住んでいる村に不思議な能力を持つ男がいて、普段は薬剤師として働いているが、彼に写真を見せればその人の生死がわかる。そればかりか、亡くなった人間からのメッセージを受け取ることができると……」

そこまで話した宮田に、諏訪は貴文を見て答えるように促した。貴文の能力については貴文自身が話すべきだと思ったのだろう。

「そのとおりです。信じられないかもしれませんが、僕にはそういう能力があるんです。大瀧さんに捜査の協力を求められて最初にお手伝いしたのが、かれこれ四年ほど前になります。それから、力をお貸ししたのはおそらく十数件になるでしょうか。つい最近ですと……」

「連続通り魔殺人事件だな」

貴文は深く頷いた。宮田は胸の前で腕を組むと大きく吐息をついた。信じられないが、認めるしかない。そういうときの人間の独特のポーズだった。

「実際、通り魔事件でも大瀧が持ってきた情報を精査して、容疑者リストの中から山本を絞っていった。家宅捜索で証拠の品もみつかった」

例のスニーカーのことだろう。だが、宮田はちょっと困ったような表情で話を続ける。

「ところが、山本を絞り込んだところで、大瀧は通り魔事件の捜査から外れた。いや、外されたというほうが正しい」

「えっ、どうしてですか？　大瀧が情報を集めてきたから犯人逮捕にこぎつけたんじゃないですか？」

これには諏訪のほうが驚き、少々憤慨したようにたずねる。

「四件目の事件が起きたとき、奴は東京にいなかった。担当の捜査員全員が早朝に現場に駆けつけたが、大瀧だけは姿を現さなかった」

それは、あの日の豪雨で足止めを喰らっていたからだ。諏訪が持ってきた写真をテーブルに広げてそのことを説明する。宮田はもちろんそれは本人からも聞いているという。だが、問題は上層部だった。現場に大瀧がいなかったことが上の人間に伝わってしまったのだ。

「これまでも大瀧が捜査現場から姿を消すことはあったが、今回はタイミングが悪かった。世間が注目している事件だけに上の人間が発破をかけに出てきていたものだから……」

大瀧の不在がばれて、彼は最後の最後でこの捜査から外されたというのだ。

「それで、大瀧さんは今……？」

もしかして、謹慎処分でも受けているのだろうか。だが、そうではないと宮田が首を横に振る。

「通り魔事件から外されて、他の案件に回された。どの捜査とは言えないが、それが……」

「危険な捜査ですね？」

震える声で確認する貴文に、宮田は黙って頷いた。

「それで、大瀧から連絡は？」

どんな危険な捜査をしているにしても、必ず連絡は取り合っているはずだ。ところが、宮田が口ごもる。

「何か、何かあったんですかっ？」

貴文が椅子から立ち上がり身を乗り出して聞いた。

「連絡が途切れている。昨日からだ……」

「それって大瀧の身に何かあったってことですか？」

「その可能性はある。俺たちも必死で足取りを追っているが……」

低く押し殺した声で宮田が言うが、その言葉は中途半端に途切れた。そのとき、諏訪と貴文があらためて顔を見合わせた。それがあの写真の意味だと二人は察したのだ。

「ど、どうしよう……。あの人に何かあったらどうしよう……」

ガクガクと体を震わせて呟く貴文に、諏訪が肩に手を置いて落ち着くように強くつかむ。

そして、宮田に言った。

「宮田さん、大瀧の写真はありませんか？　できるだけ新しくて彼だけが写っているものがいい。顔が大きめに映っていればなおいいのかな」

「諏訪さん……」

貴文が諏訪の顔を凝視すると、彼が言った。

「貴文、辛いと思うが確かめないともっと辛いぞ。それに、これが大瀧を助ける唯一の方法かもしれないんだ。そして、おまえにしかできないことだ」

「でも……」

言葉を呑み込んだのは、貴文の能力では死者の声しか聞こえない。もし大瀧の声が聞こえたとしたら、それは彼の死が決定的になった場合だ。だが、その反対もあると諏訪は言う。彼が生きていることを確かめられるのもまた貴文だけだというのだ。確かに、そのとおりだった。

貴文はぎゅっと目を閉じて考える。自分にできる唯一のこと。それで大瀧を助ける手がかりがつかめるなら、諏訪の言うとおりこれは貴文しかできないことなのだ。

「宮田さん、写真をお願いします」

目を開いた貴文が言った。宮田はすぐに持ってくると席を立つと、大急ぎで部屋を出て行くのだった。

「これが一番最近の写真だ。奴が身分証明書を新しく申請するのに撮ったやつだ」

それは署内の各部屋への出入りのために必要な証明書の定期更新のために用意された証明写真だった。それを受け取った貴文はしばらく目を閉じて精神を集中する。

普段は写真の霊視をするときも特別な精神統一など必要ない。ごく平常心でそれをじっと見つめればその人の現在の姿が浮かび上がってきて、やがて亡くなった人が訴えを口にしはじめるのだ。

(どうしよう。もし、これを見て大瀧さんがすでに亡くなっていたら……)

貴文の心はまた激しく動揺するが、見なければ真実はわからないままだ。そこで、大きく深呼吸すると勇気を出して目を開き、その写真をじっくりと凝視する。

どこにでもあるありきたりな証明写真だ。三人で映っているトンネル内で撮った写真よりもずっとその顔は鮮明だ。影ができるだろうか。あの不穏な影ができたらどうしよう。カラー写真が墨色に変化したらどうしたらいいんだろう。

そう思いながら見つめていたが、それは変わらないままの大瀧の姿だった。その瞬間、貴文は大きく肩で息をした。

「貴文、どうだ？」

心配そうにたずねる諏訪と、貴文の前でまだ本当だろうかと首を傾げている宮田。その二人に向かって貴文が泣きそうな顔に無理やり笑みを浮かべて言った。

「生きています。まだ、大丈夫。ちゃんと生きている……」

貴文が言った途端、諏訪が大きく頷いて両拳を握ってみせる。

「本当なのか？　信じてもいいのか？」

宮田の問いに貴文が強く頷く。ただ、それですべてが安堵できるわけではなかった。

「でも、やっぱり何かがおかしい……」

貴文の呟きに諏訪がすかさず質問してくる。

「おかしいって、何が？」

「生きているのは間違いないけれど、何か訴えているような気がする」

「おいおい、それじゃあんたの言っていた能力と結果が矛盾しているじゃないか」

貴文の言葉に宮田がすかさず突っ込んでくる。それはそうなのだ。死者の声しか聞こえないはずの貴文なのに、なぜか生きているとわかる大瀧の写真から何か訴えるような声が聞こえるのだ。ただ、それがあまりにも小さく呻くような声で、はっきりとは聞き取れない。

「こんなことは僕も初めてです。生きているとわかるのに、話しかけてくるなんて……」

そもそも、トンネルの写真が大瀧のところだけ不気味に薄く掠《かす》れ、輪郭がぼやけていく様が奇妙だった。きっと何か不穏なことが起きているに違いない。そう思ったからこそ、こうして諏訪とともに東京まで車を飛ばしてきた。

なのに、彼だけが写っている写真を見れば、大瀧がちゃんと生きているのはわかる。ドス黒く染まり、亡霊のように歪んでいくことはないからそれだけは確かだ。

「それって、もしかして大瀧がひどく危険な状況ってことはないか？　生きてはいるけど、今にも……」

命が尽きかけているのではないか。きっとそう言いたかったのだろうが、諏訪が自分で言葉を呑み込んでしまった。そして、宮田のほうを向いてたずねる。

「いったい、なんの捜査なんですか？　行方がわからないし、連絡もないなんて、警察にそんなことを言われたら誰にもどうすることもできないじゃないですか」

宮田もそれは同じ思いなのだろう。リスクはあっても、刑事だからといって命の保証がされないというのはおかしい。

「絶対に他言はしないでくれ。奴はある組織の潜入捜査を行っていた」

「組織？　それっていわゆる暴力団とかのですか？」

「暴力団というのとはちょっと違う。だが、危険な組織には違いない」

それは宮田が言えるギリギリの情報だった。これでも一般人に話したことがばれれば、彼自身が始末書を書く派目になるだろう。

「どうだ、貴文、集中してみても駄目か？　大瀧はどこにいるとか、どんな状況だとか、なんでもいいから聞き取れることはないか？」

もちろん、貴文だって聞き取れるものならどんな言葉でも逃すまいと必死だった。だが、写真はときおりわずかに歪みを見せては元に戻り、そしてまた呟きが聞こえたかと思えばそれが掠れて消えていく。

「ああっ、駄目だ。こんなのは知らない。どうしてだろう。あの人の声なのに、どうして聞き取れないんだろう」

貴文が悔しさと絶望に両手で自分の頭を抱えてしまう。そんな貴文の様子を見て、諏訪が少し休んだほうがいいと背中を撫でてくれる。貴文も一度霊視をやめて、大瀧の証明写真をそっとテーブルに伏せた。

（え……っ、これは……）

そのとき、貴文が気づいたのは写真の後ろに書かれた文字だ。写真の裏にはおそらく大瀧の筆跡と思われるもので、名前と生年月日が記載されている。用紙に添付した写真が剝《は》がれたりしたとき、誰のものかすぐにわかるよう名前を書いておくのはどこでもやっていることだ。

だが、もしかしたらそれが役に立つかもしれない。写真と本人の直筆での名前と生年月日の記載。これまでそんな写真を霊視したことはない。これによって重要なデータが揃い、生きている人間の言葉まで耳に届いている可能性はないだろうか。

もちろん、雲をつかむような話で貴文にも断言はできない。けれど、このままでは警察もお手上げの状態のまま、大瀧を救出する術《すべ》すら見つけられないのだ。

「この写真をお借りできませんか？」

貴文が宮田に言った。大瀧の私物ではあるが、写真一枚のことだからそれほど問題にはならないだろうということで許可をもらった。

その日の夜、諏訪と貴文は都内の繁華街の外れにあるビジネスホテルに部屋を取った。このままではどうしても帰ることができないだろうということになったのだ。

泊まりのつもりはなく着の身着のままだったが、諏訪がいたので初めての東京でもそれほど不安を感じることはなかった。

「奥さんは怒っていませんでした？」

さすがにここまでおおごとになるとは思っていなくて申し訳ない気持ちでたずねたが、諏訪は肩を竦めてみせる。

「義母さんの誕生日が近いし、子どもらを連れて実家に遊びにいくってさ」

諏訪の奥さんの実家は近県にあって、車で一時間ほどなので休日にはちょくちょく子どもを連れて戻っている。だから、気にすることはないと言う。それに、こっちはそれどころじゃないといつになく険しい表情になっている。友人の大瀧のことを本気で心配しているからこそだ。

もちろん、貴文もこれまでにないほど心が乱れている状態で、あまりにも騒がしい大都会の真ん中にいる。緊張と困惑と不安に取り囲まれたような気持ちで、落ち着いて霊視ができるかどうかも怪しいものだった。

けれど、やらなければならない。誰に習ったことでもない。何をどうしたらいいのかもわかっていない。それでも、自分がやらなければ大瀧の命が尽きてしまう。それだけはいやだと思う強い気持ちで、やれるだけのことはやろうと思っていた。

ホテルではまずシャワーを浴びて身を清める。都会で過ごした半日で、貴文の体はふと目にしたものからたくさんの負のオーラや不穏な気を吸い込んだように思う。村にいるときとはまるで違う、恐ろしい疲労感だった。

それも、体をきれいにしたことでずいぶんと落ち着いた。そして、空調の吐き出し口から一番遠く、外気に近い窓際で大きく深呼吸をする。外気といっても窓を隔てているし、村のように空気が澄んでいるわけでもない。それでも、空調が吐き出す淀《よど》んだ空気よりはまだいいような気がした。

「大丈夫か？　大瀧のことは心配だが、おまえもあまり無理をするなよ。なんか今朝よりずっと顔色が悪いぞ。もしかして、まだ体調が戻ってなかったんじゃないのか？」

ビジネスホテルでそれぞれシングルルームを取っていたが、落ち着いたところで諏訪も貴文の部屋にやってきていた。写真の霊視の様子を自分の目で確認したいと思ってのことだが、貴文の疲れた顔を見て心配そうに体調を気遣ってくれる。

気持ちは有り難いが、今はそれよりも大瀧のことが心配だ。もし一刻を争う状態にあるとしたら、こうしている間にも彼の命が危険に晒されているかもしれないのだ。

「大丈夫ですよ。それよりも大瀧さんのことが少しでもわかれば、きっと宮田さんたちがどうにかしてくれると思います」

だから、少しでも大瀧の情報を聞き取らなければならないのだ。諏訪も大瀧を救いたい一心で強く頷く。

「無理をさせるかもしれんが、なんとか頑張れるだけ頑張ってくれよ」

貴文は強く頷くと、借りてきた写真を窓際のテーブルに置きその前に座る。しばらく椅子の背もたれに体をあずけていたが、やがて意を決したように身を乗り出して写真をじっと見つめる。

そのときの貴文は祈るような気持ちだった。どんな小さなことでもいい。自分に伝えてほしい。もし危機的な状況にあるのなら、それを全部話してほしい。

貴文が大瀧と知り合ってから彼と過ごした時間はあまりにもかぎられている。それでも、大瀧と自分の間にできていたであろう信頼関係は、きっと人が思っている以上のもののはず。

体を重ねてきたことは誰にも言えないけれど、抱き合った瞬間に二人は確かに互いの何かに触れて何かを埋め合ってきた。

（お願い、教えて。あなたはどこにいるの？　今何を必要としているの？）

写真を両手に持って、じっとその顔を見つめる。まだカラーが色褪《いろあ》せることはない。ただ、ときおり凝視しているとその輪郭がトンネルの写真のようにぼやけていきそうになるので、その都度貴文は一度目を閉じて心を落ち着けてはまた写真を見つめる。

これまで、写真を見れば何か訴えたいことがある者は向こうから貴文に懸命に語りかけてきた。なんとかして自分の思いを伝えたいという執念のようなものがあった。だが、それは命を絶たれた者ゆえの強い叫びだった。

だが、今回はそうじゃない。生きている人間が写真を通して何かを語りかけてくることがあるとしても、その声はあまりにも小さくどんなに耳を傾けても聞こえない。

貴文は懸命に写真を見つめ意識を集中するが、悪戯に時間ばかりが過ぎていく。心配そうに見守る諏訪を横に一時間あまり集中していた貴文だが、やっぱりそれは自分の能力では無理なのかもしれない。

大きな溜息を漏らし、がっくりと肩を落としたときだった。緊張して様子を見守っていた諏訪もふぅっと長い息を漏らしてから呟いた。

「やっぱり無理か。そりゃ、おまえだってなんでもできるわけじゃないものなぁ」

「すみません……」

自分自身でもすっかり気落ちして、椅子の背もたれに体をあずけてしまう。時計を見れば、もう十一時近い時間になっていた。諏訪もそろそろ自分の部屋に戻って眠ることにすると立ち上がったときだった。

貴文の部屋のドアをノックする音がした。誰かが訪ねてくるにしては遅すぎるし、そもそも二人が東京にいることを知っていて訪ねてくる人物がいるとも思えない。

もしかして、宮田が何か新しい情報を持ってきてくれたのだろうか。一応彼にはホテルを決めてからチェックインしたときに、メールで滞在先を知らせておいた。

「ちょっと見てくる」

ちょうどベッドから立ち上がった諏訪が、ドアのほうへ向かった。貴文は窓際の椅子に座ったまま、まだぼんやりと魂が抜けたようになっていた。自分の役立たずぶりが情けなかった。肝心なときに大切な人を救うこともできない能力なんかあっても仕方がない。そう思うと悔しさに涙が出そうになっていた。

「あれぇ、おかしいな。誰もいないけど」

ドアスコープから廊下を見た諏訪が不思議そうに呟いた。その言葉に貴文もドアのほうを見る。諏訪が念のためチェーンロックを外し、鍵を回してドアを開ける。わずかに開いたドアから顔を出した諏訪だが、左右を見て誰もいないことを確認してからドアを閉めようとした、まさにその瞬間だった。

「うわ……っ」

いきなり諏訪が叫んだかと思うと、ドアノブを握っていた彼の体が猛烈な勢いで部屋の短い廊下に突き飛ばされた。作りつけのワードローブのドアに背中をつけた格好になり、その場で尻餅《しりもち》をついて座り込んでいる。

ぎょっとしたのは諏訪だけではない。貴文も思わず椅子から立ち上がってそちらに身を乗り出した。まさかとは思ったが、大瀧の行方を追っている自分たちにもなんらかの危険が忍び寄ってきたのかと焦ってしまった。だが、大瀧の身を案じて東京へやってきたことを知っているのは宮田だけなのだ。そして、このホテルに泊まっていることを知っているのも宮田だけだ。

もしかして宮田がかかわっているのだろうかと疑ったのは一瞬だった。諏訪を見れば、彼は何かの力に突き飛ばされ、腰を抜かしたように座ったままの格好でそこに固まっている。ドアはまだ開いたままだ。だが、誰も入ってくる気配はない。

(な、何……?)

立ち上がったままの貴文もまたその場で動けなかった。すると、床に座り込んでいる諏訪の横をすり抜けるようにして、開いたドアから一陣の突風が吹き込んできた。どうしてホテルの廊下から風が吹いてくるのかわからない。ここは八階で、窓は廊下の突き当たりにしかなかったと思うし、そこもはめ殺しの窓だったはず。

その風は部屋の中に吹き込んできたかと思うと、まるで意思を持っているかのように真っ直ぐと貴文に向かってくる。そして、足元にまとわりついてから、それが一気に体を這い上がってきた。

「ああ……っ、あっ、ああ……っ」

思わず掠れた悲鳴が漏れた。だが、怯えていたばかりではない。なぜかこの風は懐かしさを感じさせる。奇妙な温もりとまるで人が撫でていくような感触。貴文の体を撫でていく感覚は、まるで愛撫のようでもあった。

（そんな馬鹿な。そんなはずはない……っ）

心で思っていても確かにこの感触には覚えがあって、貴文は思わず目を閉じて自分で自分の体を抱き締める。数秒とも数分とも思える時間だった。やがてその風は自分の伸びきった髪をかき上げるようにして、天井へと抜けていった。

次の瞬間、貴文はホテルのベッドサイドのテーブルに置かれていたメモパッドとボールペンに飛びついた。何かが頭の中に閃《ひらめ》いては消えていく。それが消えていく前に、貴文は必死で手を動かしてそれを書き留める。

（道、ビル、三叉路《さんさろ》の次の信号を右。パン屋に鍵屋？　病院、長い坂道……。大きな池……。団地の向こう、石階段と公園……）

次から次へと道が浮かびあがる。それだけではない。

（古いビル。看板。キツネの絵？　それから……）

建物や景色、人の顔や誰かが発した言葉などなど。とにかく、脳裏に浮かぶものを片っ端から文字にしていく。手が追いつかないくらいで、ペンを強く握る手が痛み出す。でも、その手を止めるわけにはいかなかった。

メモパッドを次から次へと消費していき、五枚、六枚、七枚と書き続けても手が止まらない。文字にならないところは図で走り書きをする。まるで自分の手が意思を持っているかのようだった。

どのくらいの時間そうしていただろう。やがて力尽きたように手が止まり、膝がガクガクと震えてその場に崩れ落ちる。床に倒れ込んで大きく肩で息をしていると、諏訪の声がした。

「貴文？　貴文、大丈夫か？　今なんか奇妙なもんが入ってこなかったか？」

尻餅をついてしばらく呆然としていた諏訪だったが、我にかえったようにこちらに這ってくる。ベッドに手をついて立ち上がると、窓際に倒れ込んでいる貴文のそばまでやってきた。

体を抱き起こされて、貴文が大きく深呼吸してテーブルの上を指差した。諏訪は貴文を椅子に座らせてからテーブルの上を確認する。

「えっ、これ、なんだ？　もしかして、おまえが書いたのか？」

それを確認するということは、貴文が夢中で書き殴っているとき、諏訪は床に座り込んだまま何も見ていなかったということになる。貴文もとり憑《つ》かれたように書いていたから、尻餅をついたままの諏訪がどういう状況だったのかはっきりとは覚えていない。

ただ、二人してこの数分というもの、普通とは違う経験をしていたということだけは確かだった。

「よくわからないんです。でも、急に何かに急き立てられて、書かなければと思ったんです。それで……」

気がついたときには床に崩れ落ちていて、テーブルの上には自分が書き散らしたメモだけが残っていたということだ。

「これって、大瀧の居場所のヒントになっているのかな？」

「わかりませんが、その可能性はあると思います」

大瀧が潜入しているという組織がどういう組織なのかまったくわからないし、潜入している場所もわからない。東京に初めてやってきた貴文には土地カンなどないし、東京で暮らした経験のある諏訪もメモだけでは思いつく場所もないという。そもそも、これが都内のどこかとかぎったことでもないのだ。

「宮田さんなら何かわかるかな。とにかく、明日一番にこれを彼に渡すしかないな」

頷いた貴文がメモと一緒に返却する大瀧の写真を今一度手にした。写真はまだ色を失っていない。彼はまだ生きている。ただ、その輪郭がまた一段と薄くなってきたような気がして、貴文は急いでそれを諏訪に差し出した。

諏訪は貴文から写真を受け取ると、とにかく眠って体を休めるように言って自分の部屋へと戻っていく。だが、きっと彼も友人を案じて眠れない夜を過ごすのだろうと思った。


『いやだ。何、これ……。あっ、これって……』

自分が夢を見ているとわかっていながら覚醒《かくせい》することができない。誰でも経験することだ。貴文も幼少の頃から何度も経験してきた。だが、それが思春期を迎える頃から、覚醒することのできない夢がただの夢ではなくなってきた。

『ああ……っ、どうして？　こんなの忘れていたはずなのに、また……？』

誰かの手が貴文の体に触れてきた。長らく忘れていたこの感覚は間違いない。何か大きなものが貴文の体を開いていくと同時に、全身を弄《もてあそ》ぶのだ。これは夢だとわかっていても、体が快感に反応してしまう。股間《こかん》が張り詰めていき、その疼《うず》きに淫《みだ》らな声さえ漏れる。

『あぅ……っ、駄目だ。もう、いや。もう、こんなのはいやだっ』

大瀧に抱かれる前の自分は、むしろこの快感を楽しんでいたところがあった。思春期の頃こそ、自分がひどく淫らな人間なのではないかと不安にも駆られたが、やがて人は誰でもそういう欲望に溺《おぼ》れるものだと理解した。

ただ、現実の世界では人と人とが心を通わせて恋愛をしたり、欲望を満たすだけの関係を結んだりする。貴文は現実においてはほとんど性的欲望を感じることもないまま二十歳を越えた。きっと一生このまま誰とも体を重ねることはないのだろうと思っていた。

けれど、大瀧と出会い貴文は夢ではなく抱き締められ、体を開かれる快感を知ったのだ。それが夢から現実への切り替えのスイッチだったように、快感は貴文にとって夢の中で味わうものではなく現実に感じるものとなった。

あれ以来、夢魔は貴文の夢の中に現れなくなっていた。そのことに気がついたのは、大瀧に抱かれるようになってしばらくしてからのことだった。

夢魔は自分の遊んでいた体に誰か別の男の形跡を見つけて、まるで興味を失ったかのように姿を消した。それならそれでいい。大瀧がいれば、貴文の体は飢えることなどなかったから。

けれど、それも年月を重ねていくほどに本当にそれでいいのかわからなくなってきていた。大瀧は貴文の能力を必要として会いにやってくる。協力に対する礼ではないだろうが、寂しい貴文を温めてくれることを拒まなかった。

いつしか貴文のところへくれば抱き合うのが当たり前になっていたのに、彼と自分はどういう関係なのかと考えると、答えは「なんでもない」に行き着いてしまう。

大瀧はいつ貴文の力を必要としなくなるかもわからない。たとえば、科学捜査が進歩して写真の霊視などに頼る必要がなくなるかもしれない。今回のように捜査の途中で現場を離れていることについて注意を受ければ、勝手な行動も取れなくなるだろう。あるいは、幸平の言葉を真に受けて、貴文にこれ以上無理をさせるまいと考えるかもしれない。

要するに、大瀧が貴文の前からある日突然その存在を消してしまう可能性はあるということだ。それに気づいてからというもの、貴文の心は不安に揺らめき出した。

（ああ、もしかしたら、そういうこと……。そして、これもまたそういうこと……？）

しばらく忘れていた夢魔の手によって、貴文の体が開かれる。以前よりもずっと乱暴で強引なその手は貴文の股間を大きく開き、まるで熟れた果実でも見つけたかのように股間にむしゃぶりついてくる。

『ああっ、やめてぇ。しないでっ、そんなふうにしないで……っ』

ズキズキと股間が疼いて、後ろの窄《すぼ》まりが淫らに蠢《うごめ》く。物欲しげなそこにはすぐに何かが押し込まれてくる。探るように、そして抉《えぐ》るように深く深く入ってきたかと思うと、いきなりそこで大きく膨張する。

『あぅ……っ、ひぅっ、い、いやっ。やめて……っ』

夢の中で泣き叫ぶ貴文の声を夢魔は聞いてはくれない。体の中の圧迫感はますます増して、ベッドの上で一人身悶《みもだ》え、背中を仰《の》け反《ぞ》らせ、動かせる指でシーツをかきむしる。

『こんなのはいやっ。こんなの違うっ』

大瀧に抱かれるまで、生身の人の温もりを知らなかった。だから、夢魔が与える快感が貴文の知っている唯一の快感だった。けれど、今はもう大瀧の与えてくれるものを知っている。温かくて強くて、包み込むようにして貴文を高ぶりの極みへと突き上げてくれる。

それと比べれば、夢魔の与える快感はあまりにも即物的だ。そう思ったとき、夢魔に体を嬲られながら貴文の中で一つの不安がふわっと溶解した。

(ああ、そうか。大瀧さんは、ちゃんと僕のことを思ってくれていたんだ……)

言葉にしてくれないからわからなかった。貴文が恋愛ごとにあまりにも疎いから、人の気持ちを察することができなかった。考えてみれば幸平のときもそうだった。高校のときから思ってくれていたというのに、貴文は何も気づかなかったのだ。

そして、大瀧の少ない言葉の中に隠れていた彼の気持ちもわからずにいた。だから、ずっと不安だった。けれど、今ははっきりとわかる。悪戯にこの体を弄ぶ者と、この体を本気で愛《め》でてくれる者とでは、貴文に与えてくれる快感がまるで違う。

それがはっきりとわかって、貴文は夢の中のどこか無機質な快感を本気で拒もうとした。だが、長年貴文の体を嬲《なぶ》ってきたものは、そう簡単に夢から立ち去ろうとはしない。まるで、大瀧のいなくなった隙を狙ってきたように、そしてもう大瀧が戻ってこないことを嘲笑《あざわ》うよ

うに、貴文の体を翻弄して溺れさせようとする。

『いやだ、いやだ。絶対に好きになんかさせないっ。僕の体は僕のものだっ。僕がほしいのはおまえじゃないっ。僕がほしいのは……っ』

それは大瀧のあの温かい手と胸と唇と、なにげない言葉。果てそうになるけれど、唇を噛み締める。もう必要じゃない。おまえなんか必要じゃないと懸命に叫ぶ。

そのとき、脳裏で誰のものともわからない声が響いた。人の声ではない。直接貴文の頭の中に囁きかけるような声だった。

『特別なものをやったのに、それもいらないのか？』

夢の中で貴文がぎょっとする。特別なものをやったというのはどういう意味だ？　それは考えるまでもなく、写真を見て人の生死を判断し、死者の声を聞く能力のことだろう。

『そんなもの、いらない。最初からほしくなかったっ』

貴文は生まれて初めて夢の中の夢魔らしき存在と言葉を交わしていた。やっぱり、この人とは違う力は貴文の体を好きにしてきた何かが与えたものだったのだ。だが、貴文が望んだものではない。こんなものがあってよかったと思ったことは一度もない。だが、そんな貴文の強気を挫《くじ》くような言葉がまた囁かれる。

『本当にそうなのか？　おまえに能力がなければあの男はこないぞ。あの男がいなければ、おまえはまた飢えるだけだ』

夢魔は貴文の揺れる心にすかさずつけ入ってくる。ハッとして夢の中で貴文は息を呑んだ。確かに、大瀧に出会えたのも自分の力があったからだ。そして、彼との関係が続いてきたのも、またこの力のおかげだった。

『さぁ、拒むなよ。おまえを存分に貪《むさぼ》りたいんだ。長い間触れることもできなかったからな。その精を寄こせ。全部吐き出してしまえ』

大瀧にこの先も会いたいと願うなら、自分の特殊な力があったほうがいい。

（そうでなければ、あの人は自分になんか会いにきてくれないもの……）

そんな卑屈な思いが心を掠めた。そして、懸命に拒もうとしていた体の力を抜こうとした瞬間だった。貴文の脳裏にまた別の声が聞こえてきた。

一人の声ではない。何人もの声が折り重なるようにして頭の中で響いている。

『人のためにできることがあればそれもいいが、何よりも自分のために生きてほしいと願っているよ。幸せで穏やかな人生を送ってほしいと思っているから』

『派手ではないが、整ったきれいな顔をしている。それに、何度か抱いているうちに気づいたが、なかなか色っぽい表情になる』

『貴文さんのことは俺が守るって決めているから』

亡くなった父親の声、大瀧の言葉、そして幸平の勝気な顔が脳裏に浮かぶ。そのとき、貴文は自分が一人ではないと思い出した。諏訪だってそばにいる。こうして貴文の気持ちを汲《く》んで、一緒に東京まで車を飛ばしてきてくれた。

村の診療所の児玉や彼の奥さん、独居でいても元気に過ごしている渡邊や内田のお婆ちゃん、他にも貴文を取り巻く人々はたくさんいる。何も不安に思うことはない。何も寂しいと泣くことはないのだ。だから、もう力なんかいらない。そんなものはなくていい。

『そんなものはもういらないっ。だから、おまえも消えろ、消えろ、消えろーっ』

貴文は夢の中でそう絶叫した。次の瞬間、まるで鎖に縛られていたかのような体が一瞬にして解放された。

「うわ……っ」

声が出たときは目が覚めていた。そして、ベッドで目を見開いて見つめたのは、ビジネスホテルの白っぽい天井だった。

全身にびっしょりと汗をかいていて、だるい手をゆっくりと持ち上げて自分の額の汗を拭う。それから大きく吐息を漏らし、体を横にしてかけていたブランケットをそっとめくる。

（ああ、よかった……）

自分の股間に手を持っていき、そこが濡れていないことを確認して貴文は安堵とともに今一度ブランケットを肩まで被る。うっすらと開いた目でベッドの横の時計を見れば、明け方の四時。大瀧は大丈夫だろうか。無事に戻ってきてくれるだろうか。

貴文の父親が「自分のために生きて、幸せになってほしい」と遺言したように、きっと大瀧の両親もそう願っているはず。だから、彼は生きなくてはならないと思うのだ。

たとえもう二度と貴文に会いにきてくれなくてもいい。生きていてほしい。魂の欠け落ちた部分は、いずれ誰か埋めてくれる人が現れるかもしれない。だから、諦めずに自分の命を全うしてほしかった。

◆◆

翌朝になってもう一度新宿署を訪れた諏訪と貴文は、昨日と同じ部屋に通されて宮田に例のメモと一緒に借りていた大瀧の写真を返した。

「このメモは？　これが大瀧のいる場所なのか？」

走り書きのような何枚ものメモに目を通し、宮田がハッとしたような顔でたずねる。これで大瀧の居場所がわかるかどうかは貴文には知る由もない。だが、これらの情報は大瀧にかかわることには違いない。その確信だけはある。

「それが僕のできる精一杯です。あとは警察の手にお任せします」

「写真一枚で、こんなことがわかるのか？」

宮田にはそのメモに何か思い当たることがあるのか、そんなふうに呟いている。だが、貴文にしてみれば、それがどのくらい役立つのかはわからない。

「大瀧さんから事件の協力を求められたときも、僕ができることはささやかなものでした。わずかなヒントを与えることができただけで、あとは彼と警察の力が事件を解決に導いたんです。だから、今回も警察の力を信じます」

貴文がきっぱりとそう言った。昨日はおどおどしているばかりだったが、今日はもう迷いがなくなっていた。自分はできるかぎりのことはした。大瀧は死んではいない。彼は自分の命を諦めてはいない。

それもまた、貴文が昨日の夜にはっきりと知ったこと。大瀧は目の前で両親が逝ってしまったとき、どうして自分も一緒に逝けなかったのかと思い、その負の感情を引きずったままで生きてきたはずだ。だが、彼の今の写真を見れば、明らかに「死」に対してあがいている。死にたくない、死ぬものかという強い意思が感じられた。

そうでなければとっくに自分の命を捨てていただろうし、貴文が写真を見ればドス黒く滲んで苦悶の表情を浮かべる様相を呈していただろう。だが、何度も霞んだり、輪郭がぼやけたりしながらも、彼はまだ「生」にしがみついているのがわかる。

彼にははっきりと生きる意志があるのだ。だから、救ってほしい。貴文はそう言って宮田に今一度頭を下げた。すると、メモを握った宮田が低く唸ったかと思うと強く頷《うなず》いた。

「わかった。ここからは警察の仕事だ。必ず大瀧を助け出してみせる」

力強い言葉だった。とにかく、これ以上貴文と諏訪ができることはない。二人はこの足で村に帰るつもりで部屋を出ようとしたときだった。

「ちょっと待ってくれないか？」

「まだ、何か？」

諏訪が振り返ってたずねる。だが、宮田は貴文のほうへと視線を向けて、何か言いかけた言葉を呑み込んでしまう。奇妙に思った貴文が宮田にたずねる。

「僕に何か？」

「あっ、いや、君と大瀧はどういう関係なのかと思って……。つまり、その……」

宮田は刑事の独特のカンでもって、大瀧と貴文の関係について何か思うことがあったのかもしれない。そして、彼が想像していることは間違っていないと思う。だが、それを人に話すつもりはない。

「刑事さんと捜査協力者ですよ」

「それだけか？　えっと、もちろん、非難とかそういう意味じゃなくて……」

しどろもどろになる宮田に対して貴文はそれ以上何も答えず、ただ静かに笑みを浮かべただけだった。

その後、諏訪と貴文は行楽帰りの車の渋滞に巻き込まれながらも、冬の日が沈む前には村に戻ることができた。先に貴文の家まで送ってきてくれた諏訪に今回の諸々《もろもろ》のことに礼を言うと、彼は笑ってなんでもないと首を横に振る。

「だいたい、奴は俺の友人だ。むしろ、貴文に迷惑をかけたことを俺が詫《わ》びなけりゃならないところだ」

「諏訪先輩に詫びられたら、僕のほうこそ恐縮しますよ。週末を潰してしまって本当にすみません。奥さんにもくれぐれも謝っておいてくださいね」

「あいつが無事に戻ってきたら、村に呼びつけて三人で飲もうな。それくらいさせても罰は当たらんだろう」

まだまだ不安が払拭《ふっしょく》されたわけではないが、諏訪の明るい口調が貴文の心を幾分軽くしてくれた。そして、家のすぐ近くの道路端で諏訪の車を見送って母屋へ戻ろうとしたときだった。畑の向こうの道具小屋から誰かが出てきたのが見えた。

道具小屋には薬草のストックなどがあるので鍵をかけておいたはずだ。価値のわかる人間ならともかく、そうでない人にとってはただの草だから、あんなところに盗みに入る者もいないだろうと思ってよくよく見れば、それは幸平だった。

幸平なら道具小屋の合鍵を渡してあるので、自由に出入りできる。留守の間に足りなくなった薬草を取りにきたのかもしれない。そう思って貴文が手を振ろうとしたら、幸平がこちらを見るなりなぜか力一杯駆け出した。一目散に貴文に向かってくるので驚いて目を見開いていると、すぐそばまできた幸平が息を切らして怒鳴る。

「どこへ行ってたんだよっ」

「えっ、どこって……」

そう言えば、土曜日の朝に諏訪がきていきなり東京へ行くことになって、誰にもそのことを言わないままだった。

「電話しても出ないし、診療所の先生も何も聞いてないって言うし、諏訪先輩のところに行っても誰もいないし……。いきなりいなくなったら心配するだろっ」

急いで出かけたので、携帯電話は母屋のダイニングのテーブルに置きっぱなしにしたままだった。東京にいる間はずっと諏訪がいろいろなところに電話連絡を入れてくれていたので、自分の携帯電話を置いてきたことも忘れていた。

貴文がつかまらなくて心配した幸平は諏訪の家にも行ったようだが、奥さんは子どもたちを連れて実家に戻っていたからそちらも留守だったはず。それで、いよいよ心配になって道具小屋に入って待っていたらしい。

「ごめん。ちょっと東京へ行ってたんだ」

それを聞いた途端、幸平がハッとしたように眉を吊り上げる。

「もしかして、あの男に会いにいってたのか?」

「あっ、いや、そうだけど、そうじゃなくて。諏訪先輩も一緒だったし……」

事情を説明するのは難しい。それに、まだ何も結論が出ていないから貴文の口からは何も言えない。

「あのね、ちょっと気になることがあってね。もしかしたら、人の命にかかわるかもしれないことで、だからどうしても行かなくちゃいけなかったんだよ」

曖昧な説明に納得してもらうのは難しいと思った。けれど、幸平はなぜか怒ったような顔を急にくしゃりと歪めたかと思うと、貴文の肩に抱きついてきた。

「こ、幸平……」

「なんでもいいや。帰ってきてくれてよかった。本当にいなくなってしまったのかと思ったんだ。村を捨ててあいつのところへ行ってしまったらどうしようって思った。貴文さんがいなくなったら、俺……」

いい大人になったというのに、幸平が声を詰まらせて言う。けれど、そんなに心配して不安そうに声を震わせているのを見ると、貴文もまたたまらない気持ちになる。

昨日の夜、夢魔に嬲られることを拒もうと懸命だったとき、たくさんの声が自分を励ましてくれた。その中に確かに幸平の声もあったのだ。

「僕はどこにも行かないよ」

「本当に？」

まだ貴文をしっかりと抱き締めたまま、幸平が不安そうにたずねる。そんな幸平の大きな背中を撫でてやり、子どもをあやすように言う。

「本当だよ。だから、心配しないで」

それから、一度気持ちを整えて体を離すと、幸平の顔を真っ直《ます》ぐに見つめた。幸平が一瞬気まずさに視線を逸《そ》らそうとしたのがわかったが、このときは貴文がそれを許さなかった。ちゃんと自分を向き合うように幸平を促して言う。

「あのね、幸平の気持ちはちゃんとわかったから。長い間気づかなくてごめんね。ただ、僕は幸平の気持ちに応《こた》えることはできないんだ。それは……」

「それは、あの男のせいなんだろ」

幸平が苦虫を嚙み潰したように吐き捨てる。だが、貴文は小さく首を横に振った。彼のせいというわけにはいかないと思うのだ。問題はむしろ自分自身にあって、あまりにも人とはかけ離れた感覚をひた隠して生きてきた。

それを解放してくれたのは大瀧だったかもしれないが、だからといって彼に全身全霊で寄りかかる真似もできない。人は愛し合って互いを支え合い、高め合い、人生をともに生きていくのだろう。だが、貴文には人にない能力があった分だけ、欠けた部分も少なくなかった。

そんな自分を忌む気持ちは強く、誰にも心を許せずにいた。諏訪にしても幸平にしても自分にとっては近しい存在だけれど、それだけに迷惑をかけたくもないし、自分のせいで不穏なことに巻き込んではならないという気持ちもあった。

大瀧はそんな貴文のガードの中へと飛び込んできた唯一の男だ。彼が信念のために危険を顧みない人間だとわかっていたからこそ、捜査にも協力をしてきたのだ。けれど、この先のことはわからない。彼とのことも思い出として貴文の中に残っていくだけなのかもしれない。

ただ、後悔はしていない。彼に出会えてよかったと思っている。

「大瀧さんのことは関係ないんだ。まったくとは言わないけれど、やっぱり自分自身の心の問題。幸平はとても大切な後輩で友人だよ。勝手は承知で嫌いにならないでほしいと思う。もし嫌われても、僕はずっと大切に思っている」

貴文の言葉に、幸平は小学校の先生に叱られたときのような拗《す》ねた顔になる。

「貴文さん、ずるいよ。俺が貴文さんを嫌いになれるわけないのに……」

「うん。ごめんね。でも、正直な気持ちだから。それと、もう一つ」

「何？」

幸平が今にも半ベソをかきそうな顔で小首を傾げるので、貴文が笑顔でもう一度彼を抱き締めた。

「ちゃんと幸平と約束できることがあるよ。僕はずっとこの村で暮らしていく。絶対にどこへも行くことはないからね」

大瀧が生きるのはあの大都会だとしても、貴文が生きていくのはこの村しかない。それは東京に行ってみてはっきり感じたことだ。

そして、もし大瀧が今後は彼の意思でここへはこないというのなら、それはそれで仕方がない。今の貴文はただ彼が無事に見つかってほしいというだけだった。

「本当ですかっ？」

東京の宮田から大瀧が無事に見つかったという報告を受けたのは、それから二日後の午前中のことだった。

『どこで何があったかは捜査上の機密事項になるので言えないが、確かに君の能力は役に立ったよ。というか、あのメモは見事に大瀧が監禁されていた場所を示していた』

宮田はなにげなく言ったが、「監禁」という言葉にゾッと身を震わせた。それだけでも大瀧がどれほど危険な状況にあったかは想像できる。

「あの、怪我とかされていませんでしたか？」

『まぁ、無傷とは言えないが、大丈夫だ。命にかかわるようなことはない』

比較的軽い口調なので貴文も少しは安心できた。できることなら様子を見にまた東京へ飛んでいきたい気持ちもある。けれど、大瀧本人が電話をしてこないことを考えると、それはするべきではないとわかっている。

『本当は本人から礼を言いたいようだが、今はまだ事件のことで手が離せない。だが、おたくにはよろしく伝えてくれということだった』

内部に潜り込んでいたところを救い出された今は、大瀧がそこで得た情報によって一気に組織の壊滅に乗り出す準備をしていると言う。二、三日中に大きな動きがあるが、何か思い当たることがあっても内密にと軽く口止めを受けた。

もちろん、貴文や諏訪が捜査の内情を吹聴することはないし、大瀧さえ無事ならそれでいい。また、宮田が電話を切る前に、貴文のほうから諏訪に大瀧の無事を伝えておいてくれとも言った。てっきり、諏訪のほうへ先に連絡を入れて、それからこちらにもかけてきてくれたと思っていたのだが、どうやら捜査協力した貴文を優先してくれたようだ。

『大瀧もまずはおたくに無事を知らせたかったと思う。なにしろ、以前から自分にとっては特別な存在だと言っていたくらいだから、まぁいろいろとあるのかと思ってね』

「宮田さん……」

『あっ、俺はべつに何も聞いてないんだが、そういうこともあるかと思って……。とりあえず、伝言のほうはよろしく頼んだから』

最後はなんだかしどろもどろになって電話を切ってしまう。宮田も大瀧と似てぶっきらぼうな口調なのだが、どこか人としての温かみが感じられて憎めない。

大瀧の本音はわからないが、宮田としては貴文がひどく狼狽《ろうばい》して彼の身を案じていたので、なんとなく気持ちを汲んでくれたのかもしれない。けれど、貴文自身は心の中で一つの覚悟を決めていた。覚悟というより諦めと言ってもいい。そして、それにはちゃんと理由がある。

だが、今は自分の気持ちより諏訪に一報を入れなければならない。役場で勤務中だろうが、これは一種の緊急事態だ。役場の電話ではなく諏訪の携帯電話に連絡を入れると、今から温泉場の旅館組合との会合があって向うところだという。

ちょうど駐車場に出たところで電話を取ったらしく、宮田からの伝言を聞くと心から安堵の声を漏らしていた。

『いやぁ、そうか。よかった。本当によかった。つい後先考えずに東京まで突っ走って、おまえにも無理をさせたんじゃないかって心配してたんだ』

「そんなことはないですよ。諏訪先輩が行ってなくても、僕一人でも行っていたかもしれない。ただ一人で出かけていたら、確実に迷子になって右往左往していたと思いますけど……」

大瀧が無事だとわかった今だから、そんな冗談も口にできる。諏訪との電話を切ってから貴文はいつものように薬局の玄関ドアのカーテンを開ける。すると、五分もしないうちに診療所から処方箋を持った客がやってくる。

「貴ちゃん、風邪引いちゃったよ。寒いったらないもんねぇ」

そう言いながら飛び込んできたのは、田中のお爺《じい》さんだった。

「あれほど気をつけてって言っておいたのに、また寝酒してごろ寝しちゃったんじゃないでしょうね？」

「いや、コタツでさ、一杯やってたら気持ちよくなってね。で、転寝《うたたね》しているうちに暑くなって布団から足やら肩やら出してたらしくて、目が覚めたら喉《のど》が痛いわけよ」

「しょうがないなぁ。コタツでお酒は禁止だからね」

「駄目だよ。それじゃ、冬の楽しみがなくなっちまうよ」

田中のお爺さんは、毎年冬になると必ず同じ理由で風邪を引く。本当に懲りないと思うけれど、今年で七十五になるが相変わらず元気で、内臓も丈夫だし、足腰もしっかりしている。隣町にはお嫁さんをもらって暮らしている長男がいて、ときどき様子を見にきてくれているし、そういう安心感もあってすっかり気ままに暮らしている。でも、風邪にはやっぱり気をつけてほしい。歳《とし》を取ると、ありきたりな風邪がなかなか治らなくてそこから弱り込んでしまう人もいるからだ。

貴文は処方箋の薬と一緒に、薬草を紙のお茶パックに詰めて作った自家製の入浴薬を渡す。

「お風呂に入るときはこれを入れてみて。体の芯から温まるから。それですぐにお布団に入るとよく眠れるよ。一週間の内、何日かは休肝日を作ってそうしてみてよ」

「いつも悪いね。今夜は早速試してみるか」

「言っておくけど、卵酒は駄目だからね」

一応釘《くぎ》を刺しておくと、小さく肩を竦めながら笑っていた。そのあとも次々と処方箋を持ってきた客がいて、風邪気味という人にはもれなく入浴薬も渡しておいた。

午後の三時過ぎになってからようやく客が途切れ、診療所に電話したら奥さんが出た。

『もう患者さんはいないから、そっちも閉めちゃって大丈夫よ。主人も冬釣りのポイントを探しにいっちゃったしね』

「先生、今年は冬も川釣りですか？」

『なんでも、今年はハヤだとかオイカワだとかを釣るんですって。本当に好きなんだから』

奥さんは呆れたように言うが、それが児玉の元気な源なのだからいいことだと思う。ただし、この間のような豪雨のときの鉄砲水にだけは気をつけてもらいたい。

貴文も薬局を閉めると、いつものように農作業用の服に着替え、長靴を履いて畑に出る。来年まで露地ものはお休みで、今は温室で育てているものの世話が中心だ。

鋏やバケツやホウキなど薬草の手入れと温室の掃除に必要な道具を持って道具小屋を出たとき、何気なくこの間の豪雨で崩れた東の山を見上げる。今はこれ以上の土砂崩れが起きないよう、仮のネットで押さえられている。春になったら本格的な工事が始まるらしい。

冬の間、村は静かに息を潜めたようになる。トンネル向こうの温泉場だけは観光客で賑《にぎ》わうが、ウィンタースポーツを楽しみたい若者は減り、年配の客が増えるので少し雰囲気も変わってくる。

そういう客向けの薬草もそろそろ揃えておかなければならない時期だ。幸平も今頃冬向けの薬膳料理の献立に料理長と一緒に頭を悩ませているのだろう。近いうちに旅館のほうへ足を運んで、献立作りのアドバイスがほしいと言われている。

これがここでの日常だ。もう自分は皆と変わらないごく当たり前の三十前の男になったけれど、やっぱりどこかへ行きたいとも思わないし、何も変わらないここでの生活がいい。

そう思って大きく初冬の空気を吸い込んだとき、頭上からハラハラと白いものが落ちてきた。手のひらでそれを受けとめながら見上げると、それは今年最初に降る粉雪だった。

◆◆

「なんかここのところ体調がよさそうで安心したよ」

幸平が言うので、貴文がもう全然平気とばかり拳《こぶし》を握った自分の両手を持ち上げて、「元気」のポーズを取ってみせる。

幸平の旅館で料理長も含めて年末から来年の一月、二月に出す薬膳料理の献立を決めてから数日後のこと。今日はその試食会に招かれた帰りだった。ちょうど薬草を取りにきた幸平の車で高嶋屋旅館に連れていってもらったので、帰りも幸平の運転で送ってきてもらうことになった。

「あれはやっぱり季節の変わり目で、少し夏の疲れが出ていただけだよ。渡邊さんや内田さんがまだまだあんなに元気なのに、若い僕のほうがヘタレでちょっと恥ずかしいよ」

そんなふうに言って自分を笑ってみせたが、幸平はとにかく貴文が元気になったことを喜んでくれている。もちろん、体調が戻ったのは嘘ではない。ただ、原因は季節とか夏バテではないことはわかっている。

確かなことは言えないが、自分自身に起きていたある変化によって体のほうがついていけなくなっていたのだと思う。

子どもの頃から人と違う力を持っていたことを不思議に思っていたし、それがけっしていいことだなんて思ったことはなかった。なぜ自分だけこんな力を持っているのだろうとずっと疑問に思い続け、父親のアドバイスとともにそれを封印しておくことに決めた。

見えているものを見えていない振りをして生きるのは、なんでもないようでいて案外心に負担があった。自分が一言言えたなら、救われる人がいるかもしれない。子どものときの事件で、アキちゃんの両親が「これで娘も浮かばれる、自分たちも救われる」と語った言葉は貴文の心に深く刻み込まれていたからだ。

振り返ってみて、あの夢魔が自分の夢の中に初めて現れたのはいつだっただろうと考えてみた。中学に上がるかどうかの頃だったように思う。だが、それは正確ではないのだ。というのも、貴文はすでにその存在を知っていたから。

ただ、初めてこの体に触れてきて、性的な接触を覚えたのが十一、二歳の頃だったということ。それ以前にも不思議な魔物は自分の夢の中に現れて、夜な夜な怪しげなことを囁きかけてきていたのだ。ただ、貴文が子どもすぎて意味を理解していなかっただけのこと。

二十歳を越えても性的な欲望を抱《いだ》くことなく、現実の中では人としてとても重要な欲望の一つが欠落したままだった。以前に幸平が言った「霞《かすみ》のように消えそう」などこか淡い存在感というのも、人間のあるべき欲望が欠けていたからだと思う。

ところが、大瀧と出会い彼に協力するようになって貴文は確かに変わった。まず、一番大きな変化は夢魔が夢に現れなくなったことだ。それは貴文にとって悪いことではなかった。さらには、大瀧との情事により現実の人の温もりを知った。これも嬉しいことだった。

ただ、問題は別のところに表れた。夢魔との情交が自分に何を与えていたのか、それがどういう意味を持っていたのかは今でもはっきりとはわからない。わかっているのは貴文が夢魔に対してはなんの思い入れもなかったということだ。その怪しげな存在は自分の体を自由にしにやってくるというだけで、それに対して情などは微塵もなかった。

ところが、大瀧にははっきりと情であったり、好意というものを抱いていた。それは貴文が生まれて初めて経験する恋愛だったのだ。もっとも、恋愛というものを知らずに生きてきたから、そうだと意識するのがすごく遅かった。

何年も経《た》ってから、会えないと寂しいと思うようになり、抱かれない夜が辛いと感じるようになった。そして、今回の事件で大瀧の身に万一のことがあったら、自分はどれほど孤独な時間を過ごすことになるのだろうとたまらなく不安になった。

その心の隙間をつくようにして、夢魔は貴文の夢の中に戻ってきた。だが、生身の人の手の温もりを知った体に夢魔のそれはひどくおぞましく感じられた。冷たくて無機質で、そのくせ乱暴で気持ちなど何一つ伝わらない。結局、この体を嬲ることだけが目的なのだからそれも当然だったのだろう。

そしてあの夜、貴文は夢魔の言葉を聞いた。

『特別なものをやったのに、それもいらないのか?』

あの一言でようやく謎《なぞ》が解けた。やっぱり、この夢と自分の能力には関係があったのだ。夢魔は貴文の体を弄ぶ代わりに、この能力を与えたのだ。

もちろん、貴文が望んだものではない。夢魔が勝手に与えただけのもの。魔物の考えることなど理解もできないが、気の利いたものを与えたつもりなのか、人間が持て余す能力を与えて面白がっていたのかはわからない。

だったら、貴文はそんなものはいらない。さっさと自分からそれを奪い、二度と自分の夢に現れないでくれと叫んだのだ。すると、夢魔はまるで貴文の弱味を知っているかのように嘲笑いたずねた。

『本当にそうなのか？　おまえに能力がなければあの男はこないぞ。あの男がいなければ、おまえはまた飢えるだけだ』

だから、おとなしく自分に体を嬲らせろと言いたかったのだろう。それでも、貴文ははっきりといやだと思った。自分で幸せをつかむために生きるなら、そんなものはいらない。

それは二十数年の間、人とは違う能力で悩み続けてきた貴文の正直な思い。たとえ大瀧に会えなくなるとしても、自分はこの能力と決別したい。それが貴文の出した結論だった。

そうして、自分を夢の中で支配してきた何かと決別したとき、貴文は能力を失ったものの完全に解放された自分を感じていた。

奇妙な母親の言動、不可思議な父親の言葉。長らく理解できずにいたそれも、母親が自分と同じ体験をしていたのだとすればなんとなく理解できる。ただ、そこに夢魔のどんなあやかしや企みがあったとしても、貴文は父親と母親の間に命を受けたことは間違いないと思う。

「今日はありがとうね。また、春に献立の相談にのってもらえると助かるよ」

「こちらこそ、試食会のお料理ご馳走様。あれならきっとお客さんも喜んでくれるよ」

家の前まで送ってもらった礼を言い、貴文は車を降りると手を振って見送る。幸平ともあれ以来変わらず友人としてつき合っている。彼の中にまだ複雑な思いがあるとしても、村に流れる穏やかな時間が二人を包み込んでくれて、やがては小さなわだかまりも消えてしまえばいいと思う。

いつものように家の前のスペースで車をUターンさせた幸平だが、ふと思い立ったように窓を下ろしたかと思うと貴文に向かって言った。

「あのさ、俺、よくよく考えたけど……」

てっきり薬草のことかと思い、貴文も身を乗り出して軽トラックの運転席の窓枠に手を置いた。

「うん？　何？」

だが、少し言い淀んでから続けられた幸平の言葉は薬草のことではなく、彼自身のことだった。

「俺さ、やっぱりこの村が好きだ。他の選択肢があったとしても、結局はここへ戻ってきていたと思う。だから、旅館を継いだこととか何も後悔はしてないよ」

「幸平……」

それは、貴文を思ってこの村へ戻ってきたという幸平の強がりだったかもしれない。けれど、それだけじゃないはず。彼もまた諏訪と同じようにこの土地が好きなのだ。

「そうだね。ここは田舎だけど、暮らしやすいもの」

「そうだな。どこにいてもこの村という帰る場所があるだけでホッとできるもんな」

それはたった一度東京へ行っただけの貴文でもそんなふうに感じた。この村はどんなときでも自分たちを優しく包み込み、見守ってくれる土地なのだ。

「じゃ、またね。気をつけて帰ってね」

貴文の言葉に幸平はにっこりと笑って、片手を上げる。軽トラックのテールランプが見えなくなってもしばらくそこに立っていたが、やがて貴文も両手で自分の二の腕を撫《な》で摩《さす》るようにしながら母屋に向う。

まだ夕方の五時過ぎだが、あたりはすっかり暗い。そして、日が落ちると途端に冷え込みが厳しくなる。だが、今日はここ数日の間では一番温かい。初冬にはときどきこういう日もある。ここで油断をして風邪を引く人も多いのだ。

初雪がちらついた日から二週間。もう村はすっかり冬景色だ。枯れ木も枯れ山も春にはまた新しい芽がふいて、あたり一面が緑に溢れ花々が咲き乱れる。今はそれをじっと待っているだけ。

待っていればときは静かに移り変わり、新しい季節が訪れる。けれど、もうどんなに待ってもあの人はこないだろう。

大瀧を待つことはやめた。そのけじめをつけるメールを打ったのが、ちょうど初雪の降った二週間前だった。電話にしようかと思ったが、声を聞くと心が挫《くじ》けそうだった。手紙にしようかと思ったが、大仰な気がしてやめた。

メールで書けばなんだか軽々しい感じになったが、それでも嘘は書いていないから信じようと信じまいと大瀧次第だと思った。貴文が大瀧に伝えた言葉。それは自分の能力についてだった。

『これ以上捜査の協力はできなくなりました。これまで見えていたものが見えなくなってしまったんです。理由はわかりません。以前の体調不良との関係もわかりませんが、今はとりあえず元気に暮らしています。大瀧さんもどうかお元気で。これからも気をつけて捜査に励んでください』

おおよそそんな内容だ。全部本当でもないが、まったくの嘘でもない。特別なものが見えなくなったのは本当。夢魔は約束どおり貴文の体から離れる代わり、あの能力も持っていってしまったのだ。あれ以来、どんな写真を見ても見たままのとおりだし、なんの声も聞こえてこない。

だから、理由はちゃんとわかっているのだが、大瀧にそれを詳しく説明しても仕方のないことだ。そして、体調がすっかり戻っているのも本当のこと。それだけ伝えれば、彼がここへくる理由もなくなるだろう。

あの豪雨の夜、体調の悪い貴文を抱き締めながら、何度も優しい言葉をくれた。彼なりの精一杯の優しさが溢れていたと今なら思う。そして、互いの過去を語り合い、少しわかり合えたように思った。自分たちは人生のあるポイントで出会って、人には言えない親密な時間を過ごした。貴文は確かに心を奪われ、大瀧も憎からず思ってくれたのかもしれない。

けれど、これ以上一緒にいる理由が二人にはないのだ。貴文にはもう彼に貸せる力がない。自分たちの関係はあくまでもあの能力があったからこそのものだ。もちろん、いくばくかの好意はあったかもしれないが、もし最初から能力のない貴文に出会っていたとしたら、彼がこれほど自分に興味を持ってくれたとは思えない。

田舎で一人寂しく暮らしている三十路《みそじ》の男なのだ。大瀧がわざわざ心を傾ける特別な理由などあるわけもない。そして、能力がなくなった今は二人の関係も終わるのが一番自然なのだと思う。

幸平を見送って母屋に向うとき、ハラハラと雪が降ってきた。少し気温が高いのでこの雪は積もることはないだろう。明日まで降り続いてもきっと雨に変わっているはず。

貴文が肩に落ちる雪を払いながら玄関の鍵を開けて敷居を跨《また》ぎ、後ろ手にドアを閉めようとしたときだった。道の向こうからやってくる車の音がした。幸平が何か忘れたのだろうかと思った。貴文がもう一度玄関を開いて外に出ると、そこには見覚えのある白いセダンがちょうど停まったところだった。

もちろん、幸平の車ではない。そして、中から降りてきたのは、長身のスーツ姿の男。

「大瀧さ……ん」

貴文がその名前を呟く。車のドアを閉めた彼は真っ直ぐにこちらに向かって歩いてくる。

「今、そこで旅館の息子とすれ違ったが、ちょうど送ってきたところだと言っていたから……」

幸平とそんな会話を交わしたというのでちょっと驚いたが、珍しく嫌味を言われなかったと肩を竦めて大瀧が笑う。

その顔をじっと見つめているうちに、なぜか彼の姿が霞んでいく。どうしてだろうと思った貴文だが、気がつけば頬に流れる涙を自分の手で拭《ぬぐ》っているのだった。


「あっ、ああ……っ。大瀧さんっ、んんぁ……っ」

股間を握られて愛撫《あいぶ》されていた貴文は、甘く淫らな声を上げて彼の首にしがみつく。だが、次の瞬間思い出したようにその手を離して彼の表情を確認する。

「大丈夫だ。もっとしがみついてこいよ」

「でも……」

そうしたいけれど、彼の体にはまだ大きな絆創膏《ばんそうこう》が張られていたり、腕には包帯が巻かれていたりするのだ。そんな傷だらけの体を強く抱き締めたら、彼に苦痛を与えてしまいそうで怖い。

「少々傷だらけになっちまったが、おまえにもらったような命だ。好きにしてもいいんだぞ」

「そういう言い方をされると……」

「されるとなんだ？　事実だろう？」

命を救った云々《うんぬん》はともかく、なんだか自分がすごく飢えているのがばれているようで恥ずかしい。でも、大瀧は笑ってさらに言う。

「俺はもっとおまえを抱きたいんだ。だが、まだ左腕に力が入りきらなくてな。もどかしくて仕方がないから、おまえのほうからきてくれよ」

誘われるままに貴文はもう一度彼の首筋に両手を回した。またこんなふうに彼の胸の中で身悶えることがあるとは思っていなかった。

宮田から無事救出したという連絡があってからしばらくして、貴文のほうからメールを打った。力を貸したくてももう貸せないからという内容にも返事はなかった。だから、二人の関係もそれっきりになるのだと思っていた。だが、大瀧はそのつもりはなかったようだ。

「あのメールで終わりにされたらどうしようかと焦った」

大瀧は言うが、どんなに焦っても身動きが取れなかったという。それもそのはずで、救出されたときはかなりの怪我を負っていて、そのまま病院へと搬送されたというのだ。宮田は命に別状はないと軽く言っていたので信じてしまったが、危険な任務が日常の彼らからして

みればこれくらいの怪我はそう深刻に話すことではないのかもしれない。

だが、貴文のような一般人からしてみれば、腕を十一針、額《ひたい》を五針縫ったとか、全身打撲やら肋骨《ろっこつ》骨折やらと聞けば、もう充分に重症だ。一週間ほど検査なども含めて入院生活を余儀なくされ、その間にも例の組織の取り締まりのための情報提供をしながら病室で打ち合わせをしては、そこから現場に踏み込む捜査員に指示を与えていたらしい。

宮田もそれは機密保持のため話せないと言っていたし、大瀧もどの組織とは口にしないが、だいたいのことは世間の話題に疎い貴文でも想像がついた。

おそらく、それは昨今都内を騒がせていた反社会的な組織のことだろう。暴力団や怪しげな宗教団体でもない。そもそも暴力団なら組織犯罪対策本部が担当するだろうし、テロ活動の可能性がある新興宗教団体とかであれば公安部が担当するはずだ。

ニュースでもちょくちょく耳にしていたのはいわゆる「半グレ」という集団で、暴力団に所属しないチンピラ連中が徒党を組んで反社会的な行為を繰り返しているという話だった。暴力団よりも組織としての規律が甘く、素人《しろうと》には手を出さないなどのルールがない。そういう意味では一般社会に危険を及ぼす可能性が一番高い団体だ。

ところが、組織犯罪対策本部は暴力団でもないチンピラの取り締まりなどで手を煩《わずら》わされるのは真っ平だと思っている。公安は公安でプライドがあって、これは自分たちの取り扱う案件ではないと考えている。そうなると、凶悪な罪も犯しているということで捜査一課にお鉢が回ってきたということだ。

「組織犯罪対策本部の捜査員と違って、一課の俺は顔が割れていないと思っていたんだがな」

組織に潜入にしてから二週間ほどして、偶然にも過去に新宿署の管轄内で起こった強盗殺人事件の関係者と顔を合わせてしまったのだという。その男は先の強盗殺人事件では幇助《ほうじょ》の罪で一年六ヶ月の実刑を受けたが、出所したのちは相変わらずチンピラと組んでつまらない犯罪を繰り返していたのだ。

「潜入を疑われても最初のうちはしらばっくれていたが、だんだん雲行きが怪しくなってきてな……」

結局は吊るし上げを喰らう羽目に陥ったという。暴行を受けながらも、懸命に自分は警察の犬じゃないと言い逃れていたところ、ようやく宮田たちの救出の手が入ったというのだ。

「おまえが協力してくれたと聞いた。でも、どうやったんだ？　俺はまだ生きていたぞ」

ベッドで抱き合いながらの会話にしては色気がないが、自分たちの場合は考えてみればこれまでも互いの気持ちを確認し合うような甘い言葉を口にしたことはなかった。

貴文は覆い被さっている大瀧を抱き締めたままゆっくりと体を返すと、今度は自分のほうが上になって彼の顔を見下ろして微笑《ほほえ》む。

「なんででしょうね。僕もわからないんです。あのとき、諏訪先輩と東京に行って、あなたの写真を宮田さんにお借りして……」

そして、霊視したら何かが自分にとり憑《つ》いた。いきなりホテルの部屋のドアから侵入してきたつむじ風が自分を包み込み、完全なトランス状態になっていたと思う。あのときに起きていたことは貴文にもわからないし、諏訪もまたその間の記憶がすっぽりと抜け落ちているらしく、あれから何度考えても思い出せないと言っていた。そのことを正直に話すと、大瀧も不思議そうに唸っている。

これまでさんざん貴文の不思議な能力を捜査に活用してきた彼でさえ、今回のことは腑《ふ》に落ちないように首を傾げるばかりだ。

「でも、あれが最後だったみたいです。本当にあれから何も見えなくなりました。だから、申し訳ないけれど、あなたにも協力できなくなって……」

貴文が恐縮したように言えば、大瀧は真面目な顔で頷く。

「だったら、俺はおまえに救われた最後の男だ。何がなんでも直接礼を言わなけりゃならないだろう」

「そんな大げさな。大瀧さんを救出したのは宮田さんたちですよ」

いくらかのヒントにはなったかもしれないが、貴文のあの殴り書きのメモがどのくらい役立ったかはわからないのだ。だが、大瀧は今だから話せるがと前置きし、あらためて彼自身が驚いたと告白する。

「奴らのアジトへの道のりが見事に記されていた。こんな細かいこともわかるのかってくらいだった。捜査員の中には、奴らの誰かが寝返って情報を出してきたんじゃないかと疑っていた者もいたくらいだ」

だが、その場にいた人間を全員取り押さえても、それらしい者はいなかった。あまりにも唐突に出てきた情報に宮田自身が捜査本部で説明に四苦八苦していたという。

「まさか、能力者に霊視してもらったとは言えないだろう」

苦笑を漏らす大瀧だが、彼もまたこれまでの事件で何度も同じ経験をしてきたのだ。どこから得た情報だと捜査本部で詰め寄られても、自分の抱えている情報屋からなどとごまかし続けてきたわけだ。

今となっては笑い話かもしれない。けれど、貴文はやっぱり能力のなくなった自分が大瀧に協力できないことを申し訳なく感じてしまう。

「最後の最後にあなたを救うことができてよかった。でも、もう何もできない。僕はあなたのために何もしてあげられないから……」

悲しい気持ちで呟くと、貴文は大瀧の包帯が巻かれた胸に頰を寄せる。あまり体重をかけては治りきっていない肋骨に負担を与えてしまう。どうしても遠慮気味に体を寄せてしまうのは仕方のないことだった。すると、大瀧は自分の胸にしっかりと貴文を抱き締めて、力の入りきらない左手で背中を撫でてくれる。

「これ以上何もしてくれなくていい。もう充分なくらいしてもらったさ。命も救ってもらった」

　そう言ってから、大瀧は貴文の落ちてくる前髪をそっと撫で上げて微笑んだ。

「多分、あのとき俺は生まれて初めて本気で生きたいと願ったんだ。死にたくないと思った。なんでだと思う？」

　その言葉を聞いたとき、やっぱりこの人は「生」に対する執着があまりにも薄い人だったのだと思った。それは子どものときの両親の死のトラウマ。自分だけが生きていくのは辛すぎる。自分だけをこの世に置いていかないでほしい。子ども心に願ったあの瞬間の思いが、無意識のうちに彼を縛り続けていたのだろう。そんな彼が生きたいと願った理由。それを貴文は知りたい。

「どうして？　どうして生きたいと願ったんですか？　どうしてまたこの村にきたの？　どうしてまた僕を抱いているの？」

　堰《せき》を切ったように問いかける言葉が出てしまう。今聞かなければ、もう二度と聞けないような気がしたからだ。

「貴文……。俺にはおまえが必要なんだ」

「もうなんの能力もないのに？」

「そんなものはいらない。おまえが必要な理由はそんなことじゃない」

　大瀧はきっぱりと言うと、体を重ねて自分の顔を見下ろしている貴文のサラサラと流れ落ちてくる横髪を耳にかけてくれる。

「旅館の息子にも言われたよ。おまえの能力を目当てにきているなら、二度と村に近寄るなとね。もっともだと思った。だが、俺にとってその能力はおまえに会うための大義名分でしかなかった。これは仕事だからといい訳しながら、おまえに会いたいと思っていた。この顔が見たい。この顔で微笑んでもらいたいと思っていたんだ」

「大瀧さん……」

「どうしてだろうな。これまで誰にも感じたことのない気持ちだったから、抱き合うようになってからもずっと心の中で整理がつかなかった。ただ、おまえに会うたびに俺の中の何かが癒《いや》される。捜査で疲れた体だけじゃない。心の中にある重いものが、わずかでも昇華されて楽になっていくのが感じられたんだ」

そう言ったあと、大瀧はこれまで見たこともないような優しげな笑みとともに言葉を続けた。

「それと同時に、村で幸せに暮らしているはずのおまえがふと寂しそうな顔をするのを見るにつけ、そばにいて守ってやれたならと思うようになった。何もかも全部ひっくるめて、それが愛《いと》しいという気持ちだと気がついたときは正直戸惑った。自分みたいな無粋な男が何を甘えたことを言っているんだという照れくささもあった。けれど、大切に思っているのは本当だ。心から大切にしたいと思う存在に初めて出会えた。それがおまえなんだ」

その言葉を聞いたとき、貴文は一瞬息を呑んで目を見開いた。そして、すぐに自分の顔を彼の傷だらけの胸に埋《うず》めた。泣き顔を見られたくなかったからだ。

家の前に車で乗りつけた大瀧を見たときも散々泣いて、彼に笑われてしまったのだ。ベッドでもまた泣いたら本当に「寂しがり屋の弱虫」だと思われる。

「どんなに真剣な忠告であっても、旅館屋の息子の言葉を聞き入れるわけにいかなかった。何を言われてもどう思われても、俺はおまえに会いにこずにはいられなかったよ」

「よかった。またきてくれて、本当によかった」

そうでなければ、貴文のほうから彼に会いにいくことはきっとできなかったと思うから。弱虫な自分を知っているからこそ、心底安堵の吐息を漏らしてしまう。そんな貴文を抱き締めながら、大瀧がさらに何かを観念したように呟いた。

「ところで、おまえは気づいていたんだろう？　俺があのとき刺されて死にかけていたことを」

ハッとして顔を上げれば、彼はもう何も隠し事はないとばかり苦笑を漏らしていた。

「きっとおまえには何もかもわかっていたんじゃないのか？　俺はあれからずっと死んだも同然だった。伯父夫婦に引き取られて、何不自由なく育ててもらい愛情も充分に受けていたと思う。それでも……」

「死の恐怖があなたを縛っていたんですよね？」

大瀧は自嘲的な笑みとともに頷いた。そして、貴文はシーツと彼の背中の間にできた隙間にそっと手を滑り込ませて、深い傷痕《きずあと》を指先で撫でてみる。彼を一度死の淵《ふち》にまで追いやったのはきっとこの傷だ。

「刺されたときの痛みは今も忘れていない。流れる血の生暖い感触も覚えている。『死』なんか考えもしない子どもが、いきなりそれを突きつけられた。それは恐怖を超える何かがあった」

だから、いっそ両親とともに死んでいれば何も悩まず、そして悪戯に苦しまずにすんだと思うようになったのだろう。だが、生き延びた彼は伯父夫婦のもとで健全に育てられ、混乱した心を持て余し押し殺し生きてきたという。

「どうやったらあのときの恐怖を乗り越えることができるのか、何度も考えた。考えすぎて生きることとの意味がわからなくなるときがあった。こんな気持ちは誰にも理解してもらえないと思っていたんだ。けれど、死者の声を生々しく語るおまえに会って俺は変わった。死者の無念があるなら、生きている者にはするべきことがあると……」

大瀧はそう言うと、自分の胸に貴文の体を強く引き寄せる。それと同時に小さく呻いたのは、体のどこかの傷が痛んだからだろう。その痛みさえも彼が生きている証拠だ。だから、貴文は彼の胸に唇を寄せ、傷だらけの体を抱き締める。

「おまえは一人でも強く生きていた。人と違う能力を持て余しているのもわかっていた。それでも、健気《けなげ》に笑って俺に力を貸してくれた。身内でもなんでもない俺にだ。それだけじゃない。おまえはいつも……」

そう言いながら一度言葉を呑み込んだ彼が言った。

「おまえはいつも俺にとても温かかったんだ。それが一番嬉しかった……」

それはむしろ貴文にとっての大瀧自身のことだ。泣きそうになる気持ちを堪《こら》えるのが辛くて、貴文が強く瞼を閉じて彼に答える。

「僕もあなたに出会ってやっとわかった。この世で味わえるものは、他の何ものにも変えがたいって。あなたが教えてくれたんです。寂しいとか温かいとか、そして恋しいという気持ちも全部……」

それは互いの存在が必要なのだと確認し合った夜となり、二人はこれ以上ないほど深く愛し合った。貴文の体の奥の奥まで入ってくる大瀧が、これが本当の愛だと教えてくれる。彼の傷ついた体に触れて撫でて、唇を寄せて存分にそれを感じることができた。

どんなに求め合っても、どんなに与え合っても足りない。それでも体は力尽きて、やがて夜が明けるまで抱き合って二人はまどろみに落ちる。

目覚めた朝、昨夜降り出した雪は止んでいた。それればかりか不思議なことに雪は雨に変わることもなく、空はすっかり晴れ渡っていた。

思わず驚いた貴文がベッドの上で体を起こし、カーテンを開いて外を見る。すると、その朝日を顔に感じた大瀧が重い瞬《まばた》きをして、数時間の短い眠りから目を覚ます。

「えっ、なんでだ？　晴れているじゃないか……」

貴文の横で体を起こした大瀧が外を見て驚いたように言った。

「こんなこと、初めてかもしれない……」

貴文も小さく笑って吐息交じりに言った。いつも大瀧がきて一夜を過ごした翌日は、そぼそぼと雨が降り彼の足を止めようとしたものだ。ときには大雨になって村に災害までもたらした。もちろん、貴文の気持ちが引き起こしたことだという裏づけは何もない。ただ、いつだって彼を引き止めておきたいという気持ちがあったのは事実だった。

その雨の中を、「遣らずの雨か」と呟きながら東京へ戻っていく彼の背中を幾たびとなく見送ってきた。今度はいつきてくれるのかわからない。なんの約束もない関係で、自分はひたすらこの村で待つだけの身だと思っていた。

けれど、今はもう違う。大瀧はちゃんと貴文に会いにきてくれる。能力などなくても、貴文は貴文として大切に思ってくれる。彼の言葉に嘘がないことくらいわかる。それさえ疑うなら、もはや貴文の世界は真っ黒い墨で塗り潰されてしまうだろう。大瀧は貴文をそんな暗闇の中に突き落とすような男ではない。

この天気なら道の雪も溶けていて、高速道路の入り口までの国道も走りやすいだろう。雨の日に見送るときはいつも事故のことも案じていたものだ。だが、大瀧は少し照れたように笑うと、その表情を見られまいとするかのように貴文の体を自分の胸に抱き寄せて言う。

「おまえが寂しいと泣いた夜、実は俺のほうこそおまえに引き止めてもらいたかった。いつだって、後ろ髪を引かれながら東京へ戻る気持ちはなんとも言えなかった。また会いにこなければと思いながら、帰る道すがらもうおまえが恋しくて仕方がなかったよ」

抱き合って過ごした翌日の朝も、これからは遣らずの雨が降ることはないのかもしれない。でも、もう寂しくはない。大瀧はまた貴文に会いに必ず戻ってきてくれる。だから、笑顔で去っていく彼を見送ればいい。

そして、貴文を縛るものももう何もない。心は解放されて、人と違う自分に怯えることもない。貴文は一人の男として新しい人生の扉を開き、この村で生きていく選択をしただけのこと。それでも、自分の未来はこの手をしっかりと握っていてくれる大瀧のそばにあると信じているから……。

それからの村で

◆◆

「来週末、東京に行くんだけど……」

役所勤めの諏訪《すわ》が仕事帰りに貴文《たかふみ》の家に立ち寄って、いきなりそんな予定を話した。また地方自治に関する陳情のための上京だろうか。だが、そうじゃないと諏訪は一枚の葉書を手にして言う。

「大学の同窓会の案内。十年ぶりくらいかな」

諏訪は東京の某私立大学の法学部で学び、地元に戻ってきて就職した。大瀧《おおたき》は諏訪と同窓なので、きっと同じ葉書を受け取っているのだろう。だが、どうしてそれをわざわざ貴文に話しにきたのかわからず曖昧《あいまい》な相槌《あいづち》を打った。

「もしかして、大瀧に何か伝言でもあるかと思ってさ」

「えっ、あっ、ああ、そ、そうですか……」

そういうことかと納得して、ちょっと気まずそうに俯《うつむ》いてしまった。諏訪も自分から言っておきながら、ちょっと照れたような笑みを浮かべているからよけいに気恥ずかしい気分になる。

諏訪の紹介で大瀧と知り合い、刑事と捜査協力者の関係だった二人が互いの気持ちを言葉で確認し合ったのはわりと最近のことだ。その後も東京と信州の地方の村で離れて暮らしているのは、それぞれの仕事があるから仕方がない。

寂《さび》しくないといえば嘘《うそ》になるけれど、今は気持ちを繋《つな》げた人を待つことができる幸せがある。それに、この村には子どもの頃からの友人も多くはないけれど残っている。その一人が諏訪なのだが、朴訥《ぼくとつ》で優しい先輩は裏表のない性格で少々天然なところがあった。

後輩の幸平《こうへい》はもともとカンがいいところがあり、大瀧と貴文の関係も早い段階で気づいていたようだ。だが、諏訪は一緒に東京に行ったあと、大瀧の無事を知ってからようやくそのことに思い至ったらしい。

大瀧の同僚である宮田《みやた》が口にした言葉をよくよく考えて気がついたのかもしれないし、幸平がさりげなく教えた可能性もある。どちらにしても諏訪はそのことを知っても二人に対して失望や不快感を抱《いだ》いている様子はない。

諏訪の性格からして事実を知ってもあまり気にしないのではないかと思っていたが、それどころか近頃はそこはかとなく気遣ってくれているのがわかって、なんとなく恐縮してしまうのだ。

「じゃ、クコ茶を持っていってもらってもいいですか。また仕事で無理をしているかもしれないので……」

「ああ、そうだな。どうせまた捜査、捜査で忙しくしているだろうからな」

貴文は棚にストックしてあったクコ茶の袋を二つ取り出してくる。クコは疲労回復効果があり、弱っている肝機能やかすみ目などにもいい万能薬だ。一つは大瀧の分で、もう一つは諏訪の分として渡した。

「クコの葉を煎《せん》じて飲みやすくしているので、先輩もぜひ試してみてください」

「俺の分もいいのか？　いつも悪いな」

「こちらこそいつもお世話になっているから」

クコ茶を持って帰る諏訪を見送りながら、来週には東京で大瀧に会える彼がちょっと羨《うらや》ましかった。自分も東京に行って大瀧に会いたい。でも、田舎者《いなか》の貴文はあの大都会が苦手だ。それに、貴文は一応決まった休みがあるが、刑事の大瀧は事件があれば土日も関係ない。忙しくしているところにノコノコと出て行って、「会いたかった」なんて甘えたことは言えそうにない。

気持ちを確かめ合っても、まだどこか遠慮のようなものがあって、なかなか素直な気持ちをぶつけることはできない。貴文はこれまでと変わることなく、ここで彼がやってくるのを待っているばかり。今度はいつきてくれるのだろう。それさえも聞きたくても聞けないでいる。

一人の夜の寂《さび》しさは一人寝の寂しさだ。恋しいと思う気持ちはこんなにもせつない。それでも、望んだわけでもない特殊な能力を持って、孤独に苛《さいな》まれていた頃に比べればずっといい。せつなささえも愛《いと》おしくて、貴文は会いたい人の夢を見ながら春の夜に一人眠るのだった。

翌週の週末は祝日と重なって三連休になっていた。諏訪は車で東京に向かい、同窓会に参加して二泊してくる予定だそうだ。

村の診療所も休診の札をかけていて、医師の児玉《こだま》は春になって本格的に川釣りを再開し張り切っている。急患がこないかぎりは貴文の処方箋《せん》薬局も休みにしているが、春先は畑仕事が忙しい。去年の秋の豪雨で一度苗が流れたものの、植え直した薬草が育ってきて近頃は手入れと収穫に追われていた。

朝食のあと農作業用の服に着替えて長靴を履き、後ろで一つに結わえた髪が首筋にかからないように輪を作って丸める。年末には肩につかない程度に短くしたのだが、数ヶ月でまたすっかり伸びてしまった。

大瀧はこの髪に触れるのが好きなのだそうだ。抱き合っているときはよく貴文の髪を撫《な》でてくれる。彼の大きな手はとても温かくて気持ちがいい。またあの手で髪をすくうようにして撫でてもらいたくて、もう少しこのまま伸ばしていてもいいかなと思っている。

まだ日差しはきつくないが紫外線は春先のほうが強いので、畑仕事のときは必ず帽子を被《かぶ》って作業をする。そして、農具を入れた一輪車を押して畑に出ると、道の向こうから砂利道を走ってくる車が見えた。

薬草の仕入れにきた幸平かと思ったが、軽トラックではなく白いセダンだった。見覚えのあるセダンでここへやってくるのは彼しかいない。貴文の待ち人である大瀧だ。でも、今日くるなんて聞いていなかった。

驚いた貴文が一輪車を押す手を離し、すぐ近くで車を停《と》めて降りてくる大瀧を見てたずねる。

「ど、どうしたんですか?」

「急に休みが取れたんだ。道中で連絡しようと思ったんだが、走っているうちに近くまできていたんでな」

「だって、今週末は大学の同窓会じゃないんですか? 諏訪先輩がそれで東京に……」

先週から楽しみにしていて、今朝から東京に向かったことを告げると大瀧は苦笑交じりに肩を竦《すく》めてみせる。

「諏訪と違って、そういう集まりは苦手だ。それよりおまえに会いたかった」

そんな嬉《うれ》しいことを言われて、いきなり現れるなんて反則だ。貴文は思わず赤くなって俯いてしまう。すると、大瀧は貴文の前の一輪車の取っ手を持って畑へと運んでいく。

「今日は薬局は休みか？　畑仕事なら手伝うぞ。力仕事は得意だ」

「あっ、でも、その格好じゃ汚れますよ」

スーツ姿の大瀧を慌てて呼び止めると、母屋に連れていって杢《もく》グレーのジャージの上下に着替えてもらう。以前から泊まっていってもらうときのために部屋着は用意してあったが、これは新しく買っておいたもの。それと一緒に大きなサイズのスニーカーも安物だけれど買ってあった。

「なんだか悪いな。しょっちゅうこられるわけでもないのに、いろいろと世話をかけてしまって」

自分が勝手に用意しただけだからと笑って首を横に振ったのは、大瀧を待ちながら彼のための細々《こまごま》したものを買い揃《そろ》えたり準備したりするのが貴文にとっては楽しみだから。

「よし、しっかり働いて返すとするか」

その言葉どおり、その日は朝から夕方まで昼食を挟んで二人でずっと畑で過ごした。畑仕事で過ごす休日は貴文にとっては日常なのに、そこに大瀧がいるというだけでなんだか夢みたいだった。いつも事件に追われている彼は、これまでなら貴文の霊視を聞いて一晩泊まり、翌朝は早朝から東京へ戻るのが常だった。

「あの、泊まっていけるんですよね？」

夕方になって一緒に農具を片付けながら貴文がおずおずと確認すると、大瀧は軍手を取った手で貴文の頭を撫でて笑う。

「世間は連休だ。刑事もたまには人並みに休みが取れることもある」

ということは、二泊していってくれるのだろうか。そんなことも初めてで、貴文の気持ちはさらに浮き立ってしまう。でも、急な訪問だったから、夕食の用意にしても明日の朝食にしても食材が心細い。貴文が大急ぎで着替えて車でトンネルの向こうの村まで買出しに行こうとしたら、大瀧が一緒にきてくれるという。

「疲れていませんか？　シャワーでも浴びてゆっくりしていてくれればいいんですよ」

「客扱いしてもらってのんびりくつろぎたいなら、温泉場の民宿にでも泊まる。せっかく会いにきたんだし、こっちは世話になるんだからなんでも手伝えって言ってくれればいいんだよ」

けれど、村に一つしかないスーパーに一緒に買い物に行ったりしたら、悪目立ちしないだろうか。それでなくても、体格もよく人目をひく大瀧なのだ。だが、大瀧はそんなことなどまったく気にするでもなく、さっさと手を洗ってジャージの上に持ってきた春物のカジュアルなジャケットを羽織り、車のキーを手にする。

誰に憚《はばか》るでもないその振る舞いを見ていると、細かいことをいちいち気にしている自分がいやになる。小さな村だから周囲の目が気になるのは仕方がないけれど、何を恥じることもないしやましいこともしていない。

（そう、好きな人と一緒に週末を過ごしているだけだもの……）

開き直ってしまえば、スーパーの買い物でさえ二人ですれば楽しかった。レジで並んでいるときに、薬局のお客さんや村の知り合いとも顔を合わせたが、誰も貴文が大瀧と一緒にいることを疑問に思う様子もなく笑顔で挨拶を交わした。自分が気にするほど人の目には不自然に映っていないのかもしれない。そう思ったら、開き直ったうえになんだか肩の力も抜けた。

一緒に買出しをして、一緒に夕食を作って食べ、一緒に風呂に入って一緒のベッドで横になる。ただ日常のことを一緒にしているだけなのに、貴文にとっては何もかも楽しくて嬉しくて最高の休日だった。

そして、ベッドでは会えなかった時間を埋め合わせるように夢中で抱き合った。大瀧の体が貴文を包み込むように抱き締めてくれる。でも、優しいばかりではない。高ぶりに合わせて激しく貫かれて、貴文は突き上げてくる快感に身も世もなく啼《な》いた。

甘く淫《みだ》らな声を上げながら、全身が満たされていく。同時に、貴文もまた大瀧のたくましく傷だらけの体に何度も唇を寄せて、離れていた間のこの人の痛みも苦しみも全部癒《いや》してあげたいと思うのだ。

貪《むさぼ》るように愛し合って精も根も尽き果てて眠りに落ちた翌朝も、目を覚ました自分の横にある温《ぬく》もりを感じて、くすぐったい気分で寝返りを打った。そこにはまだ微《かす》かな寝息を立てている大瀧の姿がある。

いつもこのきれいな横顔に触れたいと思っていた。でも、起こしてしまっては悪いし、疲れている彼を朝食の用意ができるギリギリまで寝かせておいてあげたかった。でも、今朝はそのささやかな望みを叶《かな》えてみようか。そう思ったときだった。

眠っていると思った大瀧が目を閉じたまま手を伸ばし、シーツをまさぐりながら貴文の腕をつかんだ。そして、まるで貴文がそうしたいと気づいていたかのように、握った貴文の手を自分の頬《ほお》へと持っていく。

「前から思っていたが、おまえの手は温かいな。柔らかくて触れているとなんだか安心できる」

「大瀧さん……」

彼に安らぎを与えられるなら、いくらでもこの手で彼の頬を撫でてあげたい。もう写真の霊視で協力することはできなくなったけれど、それ以外にも彼に与えられるものがあることが嬉しかった。しばらく握られた手で大瀧の頬に触れていたが、やがてカーテンの隙間《すきま》から朝日が差し込み、身を屈《かが》めて彼の耳元で囁《ささや》く。

「朝食の用意をしますね。今日は畑仕事はお休みにして、山の上の神社に行ってみましょうか？　日当たりのいいところなら桜も少し開きかけているかもしれない」

大瀧は何度もこの村を訪れているが、村をのんびり歩いて回るようなことは一度もなかった。こんな小さな村でも自然や古刹《こさつ》、さらには古墳跡らしきものもあってそれらを見て回るのも案外楽しい。

好きな人がそばにいる休日の朝、誘われるままに一緒にシャワーを浴びて一足先に風呂から上がるとすぐに朝食の用意に取りかかる。味噌《みそ》汁が出来上がる頃には、大瀧も風呂から出てきて食卓に箸《はし》やら茶碗《ちゃわん》を出してくれる。以前は客用の茶碗と箸を使ってもらっていたが、今は大瀧用のものを近くの窯元《かまもと》で買ってある。

「このあたりだと桜も遅いだろう。東京は温暖化のせいか、年々開花日が早くなっている気がするな」

「山桜なら五月中旬まで楽しめますよ」

朝のうちに早咲きの桜を探しながら神社にお参りしたら、午後からは茶碗を買った窯元にも案内しよう。途中でおいしい蕎麦《そば》を打っている店もあるから、そこで遅いお昼を食べるのもいい。

朝食を食べながらそんな相談をしているときだった。携帯電話の呼び出し音が鳴った。大瀧の携帯電話だった。一瞬、二人が顔を見合わせて黙り込む。そして、大瀧はわずかな躊躇《ちゅうちょ》のあと台所のカウンターに置いてあった携帯電話を手にすると、こちらに背中を向けて電話に出る。

途端に浮かれていた自分が我に返って、これが現実だと思い知らされる。

（仕方がないよね。そういう仕事だもの……）

大瀧は小声で頷《うなず》きながらやがて電話を切ると、なんとも気まずそうな顔でこちらを振り返った。

「すまない。事件だ。すぐに戻らなければならない」

やっぱりと思うと貴文はちょっと悲しい顔になったものの、すぐに笑みを浮かべてみせる。

「わかりました。でも、朝食だけはちゃんと食べてから行ってくださいね」

大瀧は刑事なのだ。事件があればすぐに現場に駆けつけなければならない。休日の彼が呼び出されるくらいだから、きっと大きな事件が起きたのだろう。貴文はまたテレビでそのニュースを見て、彼の身を案じて胸を痛めるのだ。

朝食のあと、大瀧は手早く着替えを済ませ荷物を手にして玄関を出る。貴文も車のところまで行って見送る。そのとき、袋に入ったクコの実を手渡した。

「クコ茶を切らしてしまったのでこれで我慢してください。苦手なのは知っていますけど、疲れたときはお茶とかに入れて飲んでみて」

その袋を受け取った大瀧は、もう片方の手で貴文の腕を引いて抱き締めてきた。

「悪いな。寂しい思いをさせているのはわかっているんだ」

そうだけどそれだけじゃない。だから、貴文は彼の胸に頬を寄せたまま言う。

「いいんです。あなたの仕事のことは誰よりもわかっているつもりだから。それに、待っているのも悪くないです。会いにきてくれる人がいるだけで充分だから……」

強がりでもなんでもない。特別な力を失ったあと、もう二度と大瀧に会えないと思っていた頃に比べれば、今は本当に幸せだと思う。

「またくる」

そう言うと、大瀧は貴文の唇に自分の唇を重ねる。今度会えるのはいつだろうと思うと、せつなさに胸が震える。名残惜しさにいつまでもそうしていたいけれど、引き延ばすほどに辛《つら》くなるから貴文はそっと体を離して笑顔をみせる。

「どうか気をつけて。待っていますから、僕はいつだってここで待っていますから」

車に乗り込んだ大瀧は窓を開けて軽く手を上げてから去って行く。車のテールランプが道の向こうに消えてからも貴文はしばらくその場に佇《たたず》んでいた。

春めいてきた山を見上げて大きく深呼吸をする。昨年秋の豪雨で崩《くず》れた東の山肌も補強が終わり、新しく植林した若木が成長してきているのが見える。今日もいい天気になりそうだ。そして、もう大瀧を見送っても「遣《や》らずの雨」は降らない。

「さぁて、今日も畑仕事を頑張るかぁ〜」

背伸びをして自分を励ますように言うと、まずは朝食の後片付けのために母屋へと戻る。一日だけでも、児玉の診療所に急患がくることもなく、大瀧と一緒に過ごせた楽しい春の休日だった。

翌日の夕方のことだった。東京から戻ってきた諏訪が貴文のところへひょっこりと顔を出したかと思うと、なぜか申し訳なさそうな顔で東京土産《みやげ》の人形焼と一緒に例のクコ茶の袋を差し出してくる。

「すまん。大瀧はきてなかった。考えたら、あいつはそういう集まりは苦手だったんだよな」

貴文は人形焼とクコ茶の袋を受け取りながら、諏訪よりも恐縮した心持ちになっていた。大瀧がここへきていたことを話すべきかどうか迷ったものの、村で彼を見かけた人の口からいずれ伝わるかもしれない。だったら、正直に話しておくほうがいいだろう。

「えっ、なんだ。こっちにきてたのか。そうか。そうだったのか……」

てっきり気を悪くするかと思って頭を下げた貴文だったが、諏訪は安心したとばかり笑顔を浮かべる。

「そりゃ、そうだよなぁ。せっかく休みが取れたら恋人に会いにくるよな。それも遠距離恋愛だもんなぁ」

腕を組んで納得したように頷いてみせるが、自分の言っていることに気づいているのだろうか。貴文が真っ赤になって俯いているのを見て、諏訪がちょっと首を傾《かし》げてからハッとしたように慌てて立ち上がる。

「じゃ、そ、そういうことで。土産は渡したから。お茶はおまえから送ってやってくれよ」

なんだかしどろもどろになって帰っていく諏訪を見送り、貴文も苦笑を漏らす。二人の関係を遅ればせながら理解してからも、貴文への気遣いなのか諏訪がはっきりとそのことを言葉にするのは避けている節があった。けれど、勢い余ったのか思わず納得したせいか、ごく自然に「恋人」とか「遠距離恋愛」という言葉を口にした。

自分たちが互いを認め合うだけで充分だと思っていた。けれど、周囲の人間にも理解してもらえたらもっと嬉しい。ここは小さな村だけど、自然に囲まれた平和なところだ。好きな人は離れた都会にいても、心を許せる友人がいて、貴文は穏やかな気持ちで幸せに暮らしている。

『何よりも自分のために生きてほしいと願っているよ』

父親が願ったような人生を、自分は今確かに生きていると思うのだった。

あとがき

雨の日は苦手という方は多いことと思います。わたしも外に出かけて仕事をしていた頃はそうでした。けれど、部屋にこもって仕事をするようになってからは、雨の日が嫌いではなくなりました。人間って本当に現金なものです。

むしろ晴れた日に仕事がつまっていて、買い物や散歩にすら行けないほうが悲しい。いっそ雨なら諦めもつくのに、忙しい日にかぎってお散歩日和ということが多々あって、心の慰めにカーテンを閉めるという内向きな行動に出てしまう馬鹿なわたし……。

今回は、愛しい人を帰したくないという、「遣らずの雨」の降る村で暮らす孤独な人のお話です。「せつなさ」をいっぱいつめ込んでみたのですが、いかがでしたでしょうか。

挿絵はヤマダサクラコ先生に入れていただきました。どのキャラクターもイメージどおりで、とても素敵な一冊に仕上がりました。みなさんにも楽しんでいただければ幸いです。

というわけで、雨に関する言葉もいろいろとありますので、その日の雨にぴったりな言葉を見つけてみるのもいいかもしれません。気持ちは晴れなくても、心の慰めになればと思います。それでは、次作でお会いできるまで雨にも負けず、風にも負けずお過ごしください。

二〇一五年　二月　　水原とほる

✦初出　恋情の雨音……………書き下ろし
それからの村で………書き下ろし

水原とほる先生、ヤマダサクラコ先生へのお便り、本作品に関するご意見、ご感想などは
〒151-0051 東京都渋谷区千駄ヶ谷 4-9-7
幻冬舎コミックス　ルチル文庫「恋情の雨音」係まで。

幻冬舎ルチル文庫

恋情の雨音

2015年3月20日　　第1刷発行

✦著者　水原とほる　みずはら とほる

✦発行人　伊藤嘉彦

✦発行元　株式会社 幻冬舎コミックス
〒151-0051 東京都渋谷区千駄ヶ谷 4-9-7
電話 03(5411)6431 [編集]

✦発売元　株式会社 幻冬舎
〒151-0051 東京都渋谷区千駄ヶ谷 4-9-7
電話 03(5411)6222 [営業]
振替 00120-8-767643

✦印刷・製本所　中央精版印刷株式会社

✦検印廃止

万一、落丁乱丁のある場合は送料当社負担でお取替致します。幻冬舎宛にお送り下さい。
本書の一部あるいは全部を無断で複写複製(デジタルデータ化も含みます)、放送、データ配信等をすることは、法律で認められた場合を除き、著作権の侵害となります。

定価はカバーに表示してあります。

©MIZUHARA TOHORU, GENTOSHA COMICS 2015
ISBN978-4-344-83376-0　C0193　Printed in Japan

本作品はフィクションです。実在の人物・団体・事件などには関係ありません。

幻冬舎コミックスホームページ　http://www.gentosha-comics.net

「幻冬舎ルチル文庫」
大好評発売中

『凍える血』
水原とほる
イラスト 相葉キョウコ

凛々しくたくましいタカと、人を惑わせる美貌を持った妖艶なマキ。そして彼らに監禁されペットとして飼われることになった平凡な大学生・祥。実の兄弟でありながら祥の前で激しく愛し合う二人に、驚きながらも次第に惹かれていく祥だったが、二人の間には決して他人が入り込むことのできない繋がりがあって……。背徳のトライアングル・ラブ。

本体価格580円＋税

発行●幻冬舎コミックス　発売●幻冬舎